Il se passe quelque chose

Du même auteur

Variétés de la mort, Albiana, 2001
Aleph zéro, Albiana, 2001
Dans le secret, Actes Sud, 2007
Balto Atlantico, Actes Sud, 2008
Un dieu, un animal, Actes Sud, 2009
Où j'ai laissé mon âme, Actes Sud, 2010
L'Art dans Le Monde comme volonté et comme représentation d'Arthur Schopenhauer, Sceren, 2011
Le Sermon sur la chute de Rome, Actes Sud, 2012
Le Principe, Actes Sud, 2015
À fendre le cœur le plus dur, avec Olivier Rohe, Inculte, 2015

Jérôme Ferrari

Il se passe quelque chose

Flammarion

ISBN : 978-2-0814-0883-8

Préface

Si j'avais été cohérent, les chroniques qu'on va lire ici, et qui furent publiées chaque lundi dans *La Croix* de janvier à juin 2016, n'auraient jamais été écrites.

Toutes les opinions, y compris les miennes, me semblent, quand elles ne font l'objet d'aucune élaboration critique, profondément inintéressantes. Et elles ne sont, bien sûr, jamais personnelles. L'idée qu'il puisse être utile ou nécessaire qu'un romancier exprime publiquement les siennes dans les colonnes d'un journal me semble à la fois ridicule et dangereuse. Avoir écrit et publié des romans ne confère aucune autorité ou compétence particulières pour juger du cours du monde ni ne constitue un antidote à la platitude des opinions, laquelle est sans remèdes. S'il arrive à un romancier de penser, c'est dans ses romans, et seulement dans ses romans, qu'il le fait, certainement pas lorsqu'il livre un avis éclairé sur la mondialisation, la souffrance animale ou le réchauffement climatique. Encore faut-il que cet avis existe. Car la contrainte de la publication hebdomadaire doit, tôt ou tard, rendre inévitable le choix de sujets qu'on se forcera à traiter et sur lesquels, dans l'exacte mesure où l'on n'a rien à en dire, il aurait mieux valu garder le silence. À force de répéter l'exercice, je le crains, on se transforme fatalement, sans même en prendre conscience, en une espèce de pitoyable machine à produire des discours, de plus en plus vides et péremptoires, sur tout et n'importe quoi.

Les convictions que je viens d'exposer auraient donc dû me conduire à décliner immédiatement la proposition de *La Croix*.

Si je l'ai acceptée, c'est d'abord parce qu'elle m'a été faite à un moment où, pour la première fois depuis bien longtemps, je me sentais à nouveau concerné, douloureusement concerné, par des questions politiques. Depuis l'attentat contre *Charlie Hebdo*, nous vivions et vivons encore dans une ambiance détestable que la classe politique, par cynisme ou par simple bêtise, a contribué, si c'est possible, à rendre plus détestable encore en favorisant systématiquement ce que Spinoza appelle les *passions tristes* – la jalousie, le ressentiment et, surtout, la peur. Le pouvoir de ces passions est terrifiant. On ne peut évidemment pas y faire efficacement obstacle en publiant des articles dans les journaux. Mais il est des moments, en dehors de toute considération d'efficacité, où se taire quand on a le privilège, mérité ou pas, de pouvoir s'exprimer, devient une faute ; plus qu'une faute, même : une obscénité.

Et si je devais m'exprimer, j'étais heureux de le faire dans *La Croix*. J'ai le plus grand respect pour un journal qui a réussi le tour de force de ne jamais sombrer dans l'invective hystérique en parlant, par exemple, du mariage pour tous. Je pensais que, sans négliger tout à fait l'actualité, je pourrais y aborder des sujets plus métaphysiques en toute liberté et sans rebuter immédiatement les lecteurs. Parler de Boris Savinkov, de Simone Weil ou de Hannah Arendt me permettait de m'assurer que ces chroniques ne se résumaient pas à un simple exposé de mes opinions et qu'elles étaient le résultat d'un travail. Je ne sais pas ce qu'elles valent mais je peux au moins assurer que leur écriture fut effectivement laborieuse – ce qui, j'en conviens, n'est nullement un gage de qualité.

Le choix des sujets, en revanche, n'a jamais été une source de souffrances. Mes lectures, mes élèves, les réseaux sociaux, la vulgarité de certains éditorialistes ou hommes politiques et la communication désastreuse du gouvernement – auquel je tiens à exprimer ici ma gratitude – m'ont toujours offert en abondance, pendant les six mois qu'a duré ma collaboration avec *La Croix*, plus que je ne pouvais espérer. Mais la diversité des sujets n'est peut-être qu'apparente car je crois – ce dont je n'avais pas pleinement conscience quand je les écrivais – que ces chroniques s'intéressent toutes à un certain usage du langage et, plus exactement, à la façon dont les mots perdent tout contact avec la réalité. Cette déconnexion pose un problème, non de linguistique, mais d'éthique et de politique auquel il n'est finalement pas tout à fait absurde qu'un romancier s'intéresse ; et elle est peut-être le symptôme le plus inquiétant d'un mal qui se propage dans le monde entier. Que la France ait pu s'enflammer pendant l'été 2016 sur le port d'un vêtement de plage, le *burkini,* dont personne n'a jamais pu constater la présence effective sur aucune plage ou que les Américains aient élu un homme qui affiche un mépris assumé pour les faits en constituent deux nouveaux exemples. Dans *Le Totalitarisme*, Hannah Arendt écrivait : « Le sujet idéal de la domination totalitaire n'est ni le nazi convaincu ni le communiste convaincu, mais les gens pour qui la distinction entre fait et fiction (c'est-à-dire la réalité de l'expérience) et la distinction entre vrai et faux (c'est-à-dire les normes de la pensée) n'existent plus. » Ces lignes datent de 1951 et l'on dirait pourtant qu'elles nous décrivent. Je crains que la seule chose que nous puissions faire est de le constater.

1.

Prendre langue… corse

Lundi 25 janvier 2016

17 décembre 2015 : Jean-Guy Talamoni, élu indépendantiste à l'Assemblée de Corse, devient le président de l'Assemblée.

19 décembre 2015 : éditorial de Jean-Marc Chevauché dans *Le Courrier picard* : « Quelque chose est cassé en Corse. »

22 décembre 2015 : article de Christophe Barbier dans *L'Express* : « Les Corses opteront-ils pour le suicide en réclamant l'indépendance ? »

TRAHIR UN ENGAGEMENT solennel est, on en conviendra, une manière bien peu honorable de commencer l'année. C'est pourtant, à ma grande honte, ce que je m'apprête à faire : je m'étais en effet promis de ne jamais parler de la Corse dans la presse continentale et c'est bien sûr à la Corse que ma première chronique sera consacrée. À ma décharge, je ne pouvais pas prévoir que les nationalistes deviendraient majoritaires au moment même où j'acceptais d'écrire toutes les semaines pour *La Croix*.

Mais cette coïncidence, pour troublante qu'elle fût, n'aurait pas suffi à entamer ma détermination. J'étais tout disposé à m'abstenir de commenter le résultat des élections. Et puis, au lendemain du 13 décembre, j'ai lu les réactions, celles des éditorialistes, celles du monde politique, et là, je l'avoue, j'ai craqué.

Je n'ai aucune excuse, surtout pas celle de la surprise ; depuis des années, l'actualité corse suscite un déferlement de propos haineux ou condescendants avec l'infaillible régularité qui est celle des lois de la nature – et je ne parviens cependant pas à m'y habituer.

Au moment de sa prise de fonction, Jean-Guy Talamoni, nouveau président indépendantiste de la collectivité territoriale, a tenu un discours… indépendantiste.

Quand on considère la nature des thèses défendues depuis quelque temps par un gouvernement de gauche, on comprend ce que peut avoir de stupéfiant le spectacle d'un homme politique qui s'obstine à incarner les idées pour lesquelles il a été élu (quoi qu'on pense par ailleurs de ces idées) ; la logique aurait sans doute exigé qu'il entonne une vibrante *Marseillaise* avant d'enchaîner sur Sambre-et-Meuse.

Mais il y a pire, infiniment pire, en vérité : car ce discours, il l'a prononcé en langue corse ! C'est là une ignominie à laquelle on ne saurait répondre que par l'union sacrée.

Et de fait, dans un bel ensemble républicain, MM. Mélenchon, Chevènement et Fillon en ont été choqués. Le Premier ministre lui-même a rappelé que le français était la seule langue de la République, faisant ainsi la preuve qu'il était finalement aussi attaché aux « grandes valeurs » que le premier député frondeur venu.

Je dois avouer que je n'arrive pas à comprendre quelle terrible menace l'usage d'une langue qui ne cesse de perdre des locuteurs fait peser sur la République. Il me semble même, à l'inverse, que la menace s'exerce plutôt dans l'autre sens et que c'est cette langue qu'on doit sauver, non de je ne sais quel danger symbolique, mais d'une mort prochaine, notamment en lui accordant, comme l'avait déjà demandé l'ensemble des élus corses lors de la précédente mandature, une reconnaissance officielle.

Tout cela était encore supportable mais il y a eu *L'Express* et *Le Courrier picard.* Le plus aguerri des stoïciens aurait succombé.

Pour Christophe Barbier, si le corse est « un dialecte chaleureux », seule la langue française a « accédé à l'universel » – et on frémit en pensant aux milliards de malheureux qui, ignorant le français, n'étancheront jamais leur soif de cet universel qu'incarnent à la fois notre langue et notre république, sans lesquelles la Corse ne serait qu'un « confetti encombré de chèvres et de châtaigniers ».

En écho, Jean-Marc Chevauché, après avoir noté, dans ce qui ressemble à un déchirant accès de lucidité, qu'« on a entendu pas mal d'âneries » après les élections régionales, suggère qu'on entoure l'île d'un champ de mines et lance cette remarquable adresse : « Dès que vous en aurez assez de bâfrer avec des châtaignes et du fromage de chèvre, amis corses, dites-le-nous ! On pourra rediscuter. »

Je le demande sérieusement : en dehors des Corses, de quelle communauté est-il encore possible de parler dans ces termes sans susciter l'indignation générale ? Je n'ai jamais compris qu'on pût être fier ou honteux de ses appartenances culturelles mais je suis heureux d'être corse pour permettre à mes contemporains de s'abandonner aux élans qu'ils sont trop souvent contraints de réprimer douloureusement.

Il entre bien sûr dans ce louable sentiment une part d'égoïsme : je me sens ainsi appartenir à un peuple dont l'existence, pour douteuse qu'elle fût, est au moins attestée par leur précieuse détestation.

2.

La déchéance et son double

Lundi 1er février 2016

Clément Rosset, *Le Réel et son double* (1976), Gallimard, édition augmentée Folio-essais, 1993.

Présenté au Conseil des ministres du 23 décembre 2015, le projet de loi concernant la déchéance de nationalité est débattu à l'Assemblée nationale le 27 janvier 2016.

Il sera voté en février avant d'être en partie invalidé par le Sénat. Le 30 mars, le président François Hollande met un terme au débat.

DANS TOUTE SON ŒUVRE, Clément Rosset s'attache à décrire les innombrables stratégies que les hommes mettent en œuvre, le plus souvent en vain, pour échapper à l'indigeste présence du réel. La plus éprouvée de ces stratégies consiste à chercher refuge dans l'illusion dont l'essai *Le Réel et son double* analyse la structure fondamentale.

Clément Rosset affirme que l'illusionné « ne souffre pas d'être aveugle, mais de voir double ». Car s'aveugler n'est pas si facile, surtout quand une réalité indésirable se trouve là, juste sous nos yeux, qui n'entend pas se laisser occulter ; mieux vaut donc, par un ingénieux tour de passe-passe, la dupliquer en un second exemplaire qui, pour être rigoureusement équivalent à son modèle, n'en aura pas moins perdu, grâce à un subtil glissements sémantique, son caractère désagréable. Bien entendu, la réalité n'est nullement affectée par l'opération. Aucune duplication n'a eu lieu, si ce n'est dans l'esprit de la victime de l'illusion : c'est ainsi que Boubouroche parviendra à se persuader que trouver un jeune homme caché dans le placard de sa maîtresse ne signifie nullement qu'il est cocu ; ou que Swann opérera une fallacieuse mais réconfortante distinction entre le fait d'entretenir Odette et celui de lui envoyer de l'argent tous les mois.

Après Courteline et Proust, le gouvernement vient offrir à Clément Rosset, avec la révision du texte sur la déchéance de nationalité, une nouvelle et magnifique illustration de sa thèse. Le premier projet prévoyait de déchoir de leur nationalité française les binationaux, naturalisés ou non, reconnus coupables de crimes liés au terrorisme. À titre personnel, je suis opposé à une mesure qui réalise l'exploit d'être à la fois douteuse sur le plan des principes juridiques et, ce que personne ne conteste, absolument inefficace – pour ne pas dire contre-productive.

Afin de vaincre les réticences de certains élus, la nouvelle mouture du texte ne comporte plus de « référence à la binationalité » et se présente donc ainsi : « Une personne peut être déchue de la nationalité française ou des droits attachés à celle-ci lorsqu'elle est condamnée pour un crime ou délit qui constitue une atteinte grave à la vie de la nation. »

Il faudrait vraiment être de mauvaise foi pour reprocher à la nouvelle formulation de stigmatiser quiconque : « une personne », nul ne prétendra le contraire, c'est potentiellement tout le monde. Certes ; c'est tout le monde – sauf ceux qui ne possèdent que la nationalité française et ne pourront pas la perdre puisqu'on ne peut créer d'apatrides. Le texte ne s'appliquera donc qu'aux binationaux, exactement comme c'était prévu, à ceci près que ce vilain mot n'apparaît plus nulle part. Dans les faits, rien n'a changé. (L'honnêteté m'oblige à reconnaître qu'un changement réel est tout de même prévu : la déchéance de nationalité ne concernera plus seulement les auteurs de crimes mais sera étendue aux délits.)

Je peux comprendre qu'on soit, comme moi-même, contre la déchéance de nationalité ; je peux aussi comprendre, en faisant un effort, qu'on soit pour, même si cela me semble témoigner d'un amour excessif, et pour tout dire suspect, de l'ordre symbolique. Mais quand j'apprends que des parlementaires se disent satisfaits du « changement » proposé par le gouvernement alors même qu'il ne change strictement rien, j'avoue ma stupeur et ne peux envisager qu'une désolante alternative : soit certains élus croient en toute sincérité qu'il existe, comme on le leur affirme solennellement, une différence réelle entre, disons, « trouver un homme dans le placard de sa maîtresse » et « être cocu », ou encore « entretenir une femme » et « lui envoyer de l'argent tous les mois » ; soit ces mêmes élus ne s'intéressent qu'aux mots sans se poser une seule seconde la question de ce qu'ils peuvent bien signifier. Dans les deux cas ; hélas, c'est Clément Rosset qui a raison : le réel n'intéresse pas grand monde.

3.

Un principe superflu

Lundi 8 février 2016

Clément Rosset, *Logique du pire* (1971), PUF, réédition « Quadrige », 2013.

DANS SA *LOGIQUE DU PIRE*, Clément Rosset – que je ne me résous pas à abandonner – note que la reconnaissance de la tolérance comme principe en rend paradoxalement la pratique impossible. Car un tel principe entre nécessairement en conflit avec d'autres principes concurrents dont l'existence, dès lors, ne saurait être tolérée sans danger. C'est ainsi que la mansuétude de Locke en matière religieuse ne s'étend tout de même pas à l'abomination papiste ; qu'il fonde son rejet sur des raisons politiques tout à fait pertinentes pour l'Angleterre du XVIIe siècle ne change rien à l'affaire : il se trouve réduit à clamer haut et fort qu'il faut absolument tolérer ce qu'on aura jugé tolérable – à l'exception du reste. Voilà, pourrait-on penser, qui va sans dire et ne semble, à tout le moins, relever ni d'un impératif ni d'une vertu particulière.

La façon dont nous faisons référence à la liberté d'expression fait apparaître un paradoxe identique : nous souhaitons tous la publicité des opinions qui nous agréent, notamment les nôtres, avec une telle spontanéité qu'elle rend superflu le recours à un principe suprême ; mais s'il s'agit d'opinions qui nous révulsent, le principe, de superflu qu'il était, devient lui-même indésirable. C'est ainsi qu'au moment des attentats de janvier 2015, émettre la moindre réserve sur le contenu de *Charlie Hebdo*, notamment les caricatures du Prophète, valait aux imprudents qui s'y risquaient l'accusation immédiate d'être des ennemis de la liberté d'expression, comme s'ils la mettaient en péril en essayant naïvement d'en faire usage pour leur compte. Or, le respect de cette liberté n'implique nullement qu'on doit s'enthousiasmer de tout ce qui se dit, s'écrit ou se dessine ; mais, à l'heure où l'identification pure et simple apparaissait comme la seule réaction acceptable, c'était précisément ce qui ne pouvait être entendu.

Récemment, *Charlie Hebdo* a publié un dessin sur le petit Aylan et les agressions sexuelles de Cologne. Qu'on le juge ignoble, choquant, sans intérêt ou hilarant est ici sans intérêt : les réactions subjectives s'opposent nécessairement et ne sauraient donc tenir lieu de critère régulateur. Cependant, un dessin similaire ayant pour sujet les

SI PRÈS
DU
BUT...
PROMO !
2 MENUS
ENFANT
POUR LE PRIX
D'UN
RISS

massacres de janvier et de novembre aurait-il été envisageable ? À l'évidence, non. Il aurait suscité l'indignation générale.

En faisant cette remarque, je n'entends pas suggérer qu'il faudrait limiter encore la liberté d'expression mais, au contraire, que nous ne sommes jamais ni assez sincères, ni assez conséquents lorsque nous la défendons. Ce qu'elle nous semble devoir protéger relève sans doute d'une histoire, d'une tradition, politique et juridique, ou du simple fait empirique que seuls les morts et les valeurs des autres sont des objets possibles de dérision – mais en aucun cas d'un principe dont nous réclamerions l'application universelle.

Le grand mérite de Spinoza fut de justifier la nécessité de la liberté d'expression sans jamais se recommander d'aucune valeur transcendante mais parce qu'elle traduit, dans le champ de l'institution politique, la reconnaissance d'un fait de nature : les hommes ont des opinions qu'ils tiennent, contrairement à celles des autres, en haute estime et sont, par ailleurs, incapables de tenir leur langue. Pour peu qu'ils n'incitent pas à la rébellion, le souverain leur permettra donc sagement de s'exprimer car il n'a pas plus la puissance de les en empêcher que celle d'interdire à l'herbe de verdoyer. S'il s'obstine, il ne parviendra qu'à transformer en martyrs ceux qui n'en espéraient pas tant.

Une telle position revient à tolérer l'expression de toutes les opinions, non qu'elles fussent précieuses ou respectables, mais du seul fait qu'elles existent. Voilà qui est bien modeste et bien peu motivant. Nous autres, hommes modernes, dont Bernanos disait que nous avions « le cœur dur et la tripe sensible », sommes peut-être prêts à une défense plus résolue, plus active et, pour tout dire, plus fraternelle. Je crains que non. Car, à ce jeu, la sécheresse de cœur ne suffit plus : c'est encore trop que d'avoir la tripe sensible.

4.

« George, les enfants… »

Lundi 15 février 2016

Le Cheval blême nous fait partager, pendant quelques mois de l'année 1906, la vie de terroristes qui préparent un attentat contre un gouverneur général anonyme. L'auteur, Boris Savinkov, fut aussi le chef du groupe qui assassina le grand-duc Serge Alexandrovitch en février 1905. L'histoire qu'il raconte est identique à celle que Camus met en scène dans *Les Justes* – en se montrant bien plus fidèle au déroulement des faits que ne l'est Savinkov. Ce n'est pas nécessairement un paradoxe.

Le Cheval blême est un roman, un très grand roman, d'une spiritualité cruelle et désespérée, qui se soucie davantage de vérité que d'exactitude. Le Kaliaïev historique est ici simplement désigné par le diminutif Vania ; son chef, double cynique de Savinkov, s'appelle George. Il envisage de faire sauter le palais où le gouverneur, qui vient d'échapper à deux attentats, réside avec sa famille. Vania refuse : « Non, George, écoute-moi, ne fais pas cela, non. Comment peux-tu prendre cela sur toi ? Qui t'en a donné le droit ? Qui te l'a permis ? » « C'est moi qui me le permets », répond George. Et Vania, frissonnant, murmure simplement : « George, les enfants… » Puis il ajoute : « George, et le Christ… » En réalité, il n'y eut aucun projet de ce genre mais, deux jours avant l'assassinat, lors d'une première tentative, Kaliaïev ne put se résoudre à lancer sa bombe sur la calèche du grand-duc qui était accompagné de ses neveux et Savinkov approuva cette décision, quoiqu'elle eût mis en danger tous les membres du groupe.

Boris Savinkov

Ivan Kaliaïev

Dans la pièce de Camus, le chef de la police vient visiter Kaliaïev en prison et lui dit : « Une idée peut tuer un grand-duc, mais elle arrive difficilement à tuer des enfants. Voilà ce que vous avez découvert. Alors, une question se pose : si l'idée n'arrive pas à tuer des enfants, mérite-t-elle qu'on tue un grand-duc ? » Cette question recèle un redoutable piège logique. Y répondre, c'est être perdu. Aussi le personnage de Camus, troublé, refuse-t-il d'y répondre.

Le Vania de Savinkov, lui, n'aurait pas même admis qu'elle pût être posée. Il n'était pas un logicien mais un chrétien pris dans une contradiction déchirante et insoluble : il faut tuer, certes, mais tuer n'en demeure pas moins un péché qu'une idée peut rendre nécessaire sans le permettre jamais. Celui qui tue doit donc accepter de mourir et cependant mourir ne suffit pas – « Il n'y a pas de plus grand amour que de donner son âme pour ses amis. Pas sa vie, son âme », dit Vania. Mais il sait qu'aucun amour, si grand soit-il, ne peut permettre qu'on tue des enfants.

Aux yeux de Camus, les terroristes russes méritent notre fidélité parce qu'ils ne purent se mettre en accord avec le meurtre qu'en consentant à sacrifier aussi leur vie. Notre propre expérience du terrorisme, que Camus ne pouvait imaginer, rend cette opinion inacceptable. Les terroristes que nous connaissons acceptent de mourir et, même, ils le désirent. Leur idée semble infiniment plus puissante puisqu'elle rend licite non seulement le meurtre d'un grand-duc, mais celui d'une enfant dans une cour d'école. Ils ne connaissent pas la souffrance du doute. Peut-être sont-ils l'aboutissement de ce dont Vania n'était qu'une esquisse et la preuve que Camus se trompait.

Mais ce n'est pas sûr. Nietzsche le sait : qu'une idée s'autorise du seul fait qu'on soit prêt à tuer ou à mourir en son nom ne témoigne pas de sa puissance. Peut-être même le désir du meurtre et du martyre est-il inversement proportionnel à l'adhésion réelle qu'elle suscite. Et peut-être qu'en mourant, les terroristes de Daech ne cherchent pas tant à jouir des délices du paradis qu'à atteindre ce lieu où plus rien n'exige d'être justifié.

Vania ne désirait pas tuer, fût-ce un autocrate ; il ne désirait pas non plus mourir et il n'avait pas la répugnante naïveté d'imaginer qu'une récompense l'attendait dans l'au-delà ni la bassesse de s'absoudre lui-même. De sa prison, il écrit à George : « Je pense que même si je m'étais enfui, je n'aurais pas pu vivre après ce que j'ai fait. » Au pied de l'échafaud, Kaliaïev refusa, paraît-il, le secours de la croix en disant au pope « qu'il était croyant mais qu'il ne sacrifiait pas aux rites ». Peut-être ne voulait-il pas ajouter le blasphème au meurtre. Non, sans doute, qu'il eût désespéré totalement de la miséricorde de Dieu. Mais il devait penser qu'il avait perdu le droit de l'appeler sur lui.

J'aime à croire que Dieu, s'Il existe, la lui accorda pour cette seule raison ou, s'Il ne la jugeait pas suffisante, parce qu'Il ne pouvait se détourner de l'homme qui, dans les pages d'un roman inoubliable et véridique, avait prononcé ces mots : « George, les enfants… »

5.

Une extraordinaire banalité

Lundi 22 février 2016

21 janvier 2016, parution de *Diviser pour tuer, les régimes génocidaires et leurs hommes de main*, Seuil, « Liber ».

QUAND HANNAH ARENDT eut l'idée malencontreuse de sous-titrer son compte rendu du procès Eichmann *Rapport sur la banalité du mal*, elle ne se doutait pas qu'elle venait de créer un concept condamné à faire l'objet de contresens aussi fréquents que systématiques, comme la récente publication d'un ouvrage, par ailleurs remarquable, d'Abram de Swaan vient, une nouvelle fois, en apporter la preuve. Le deuxième chapitre de *Diviser pour tuer* (Seuil) est consacré à la réfutation de la thèse selon laquelle, les auteurs de crimes de masse étant des hommes ordinaires, n'importe qui, placé dans les circonstances adéquates, peut participer à un crime de masse. Bien qu'elle puisse faire valoir de sérieux arguments statistiques, cette thèse est certainement fausse du seul fait de sa prétention à une universalité qui ne se rencontre jamais dans les affaires humaines.

Quoi qu'il en soit, elle n'a jamais été défendue par Hannah Arendt – ce dont Abram de Swaan ne semble guère se soucier. Ainsi, il soutient qu'elle présente Eichmann, sans doute afin de relativiser son crime, de l'« excuser », comme le simple rouage d'une énorme machine alors même qu'elle écrit explicitement le contraire. Il ne s'agit pas pour elle de nier qu'un système totalitaire s'appuie effectivement sur des rouages, innombrables et interchangeables, mais, du point de vue juridique, « tous les rouages de la machine, si insignifiants soient-ils, redeviennent, dans un tribunal, des coupables, c'est-à-dire des êtres humains ». Autrement dit, et quoi qu'ait pu comprendre M. de Swaan, la situation politique, si contraignante soit-elle, n'excuse rien et n'abolit ni ne menace la possibilité de l'imputation juridique. Au « n'importe qui l'aurait fait à ma place ! », le droit répond : « Peut-être, mais c'est *vous* qui l'avez fait. »

Ce n'est pas une réflexion abstraite ou une conviction idéologique qui a conduit Hannah Arendt à forger le concept de *banalité du mal* mais sa confrontation avec Eichmann dont elle découvre l'infaillible faculté à ne s'exprimer, de la salle du tribunal jusque sous l'échafaud (ce qui n'est pas donné à tout le monde), qu'au moyen de lieux communs et de phrases toutes faites. Elle ne voit pas en lui l'incarnation d'une profondeur démoniaque mais, au contraire, d'une totale incapacité à penser et à formuler des jugements personnels. Face à lui, à Jérusalem, elle ne peut plus croire en l'existence d'un mal radical, qu'elle défendait encore dans *Le Totalitarisme* : la médiocrité d'Eichmann est si parfaite et, pour tout dire, si extraordinaire que rien ne saurait y prendre racine.

Mais aucune radicalité ne peut être plus énigmatique et inquiétante que cette monstrueuse banalité. C'est en elle que se meut le personnage de médecin SS imaginé par William Styron : pour échapper à l'indicible monotonie dans laquelle se déroule son travail de fabricant de cadavres, le docteur von Niemand décide, en forçant Sophie, sur la rampe d'Auschwitz, à choisir lequel de ses enfants doit être sauvé, de commettre un péché incontestable qui rétablira la distinction entre le bien et le mal et, avec cette distinction, la possibilité du jugement.

Nous répugnons à admettre que le mal puisse précisément culminer dans le brouillard d'une médiocrité où tout se mêle et se confond au point que les crimes les plus abjects n'appellent plus ni remords ni oubli. C'est effectivement incroyable bien que ce soit vrai, comme en témoignent les génocidaires indonésiens filmés par Joshua Oppenheimer dans son insoutenable documentaire *L'Acte de tuer* (2012). Ce sont des petits malfrats, efficaces, sanguinaires et nonchalants. Leur devise « Relax et Rolex » peut donner une vague idée de l'étendue de leur incroyable vulgarité et contraste de manière obscène avec les massacres dont ils se sont rendus coupables en 1965 et qu'ils racontent, en détail, avec une candeur volubile.

Car tout est léger, superficiel et horrible – peut-être même empreint d'une douce nostalgie. Parfois, ils épargnaient une vie contre de l'argent mais tous ceux qui ne pouvaient pas payer mouraient parce que, « quand même, tu ne peux pas tout avoir ! ». Seul l'un des tueurs, Anwar, avoue qu'il fait souvent des cauchemars dont il ne comprend pas l'origine. À la fin du documentaire, lors de la reconstitution d'une scène de meurtre, il prend brutalement conscience de la réalité de ce qu'il a fait. On le voit revenir sur l'un des lieux d'exécution, submergé par les remords, évoquant les morts devant la caméra. Soudain, il se penche en avant, secoué de spasmes interminables que Joshua Oppenheimer filme pendant de longues minutes. Mais Anwar ne vomit pas, sans doute pour la raison, simple et définitive, qu'il n'a rien à vomir.

« Relax et Rolex » le jour…

La nuit venue…

6.

« Orthographe, sémantique et légèreté »

Lundi 29 février 2016

Vingt-six ans après leur validation par le Conseil supérieur de la langue française, une série de 2 400 rectifications orthographiques, souvent appelée « réforme de l'orthographe », est reprise, à la faveur de la réforme des collèges, dans les nouveaux manuels scolaires.

ON M'A SUGGÉRÉ RÉCEMMENT, avec une amicale insistance, de choisir, au moins de temps en temps, des sujets plus légers. Dans la mesure où mes deux dernières chroniques traitaient du terrorisme et des génocides, il ne me semblait pas très difficile d'y parvenir ; en dépit de ma bonne volonté, il me fut impossible de penser à quoi que ce soit de léger et j'allais me résoudre honteusement à parler de catastrophe climatique ou d'holocauste nucléaire quand mes élèves de terminale sont involontairement venus à mon aide – qu'ils en soient ici chaleureusement remerciés.

Je venais d'attirer leur attention sur le fait que *rationalité* ne prenait qu'un seul *n* alors qu'il en fallait deux pour écrire *rationnel*, ce que la raison se trouve précisément incapable de justifier, et nous en sommes venus à évoquer la réforme de l'orthographe. À ma grande surprise, ils manifestèrent unanimement leur hostilité à toute perspective d'évolution, si minime fût-elle, avec une telle virulence que j'eus l'impression étrange d'être assailli par une meute d'académiciens déchaînés. Je tentai évidemment de faire valoir que, pour autant que je pusse en juger d'après leurs productions écrites, une simplification de l'orthographe me semblait aller dans leur intérêt ; mais, balayant avec mépris ce vulgaire argument pragmatique, ils demeurèrent intraitables – ce qui est, du reste, tout à leur honneur. Les plus exaltés invoquèrent un amour de l'étymologie que je ne leur soupçonnais pas. Je ne prétends pas percer les ténèbres de la psychologie lycéenne et, ne disposant d'aucune explication de cet attachement désespéré à des règles que, par ailleurs, on ne maîtrise qu'imparfaitement, je ne peux que réitérer l'expression de ma plus totale surprise.

J'enseigne depuis 1989. Je constate, à l'instar de tous mes collègues, une baisse ininterrompue du niveau en orthographe, pour ne rien dire de la syntaxe : c'est très certainement fâcheux ; je ne suis pas certain que ce soit tragique. L'école doit, me semble-t-il, faire face à des problèmes autrement plus profonds – ce dont je parlerai peut-être une autre fois quand j'aurai rompu mon vœu de légèreté. Et si la langue est menacée, c'est certainement moins par la graphie incongrue dont l'affublent les élèves que par l'usage qu'en font les « élites » politiques et médiatiques – on comprendra, je pense, que les guillemets s'imposent.

Regarder les unes de la presse hebdomadaire, écouter un journal télévisé ou lire Nicolas Sarkozy, c'est pénétrer dans cette zone où le lien ténu qui lie tant bien que mal les mots aux choses a achevé de se dissoudre ; c'est aussi franchir constamment la frontière qui sépare la nausée de l'éclat de rire, comme lorsqu'on apprend que Jean-François Copé est un « grand brûlé de la politique ». Encore n'a-t-on affaire ici qu'à une hyperbole, certes indécente et grotesque, mais à peu près compréhensible. En revanche, quand Manuel Valls estime, en réponse aux critiques de Martine Aubry, qu'« il faut que tout le monde assume », ou se réclame de la « gauche du XXIe siècle », il est parfaitement clair qu'il n'y a plus rien à comprendre – si ce n'est que le Premier ministre est un homme de caractère que les idées ringardes n'impressionnent pas et qui ne s'en laisse pas conter.

Ce n'est pas la gauche en tant qu'idéologie que je cherche à défendre ici mais seulement le sens des mots qui se trouve désormais, dans le discours politique, totalement occulté par leur connotation psychologique : les mots ne font plus signe que vers l'image de celui qui les emploie. Le règne des éléments de langage va donc de pair avec cette personnalisation à outrance, mâtinée de sentimentalisme impitoyable et dégoulinant, que Nicolas Sarkozy incarna à la perfection mais dont il ne saurait être tenu pour le seul responsable, comme nous avons eu amplement l'occasion de l'apprendre depuis 2012. Des esprits chagrins et rétifs à la légèreté pourraient même voir dans ce phénomène un symptôme de la disparition de l'espace politique – opinion pessimiste que nous nous garderons bien de partager. Ce qu'on peut constater, en revanche, sans l'ombre d'un doute, c'est que la langue utilisée dans le « débat » public exhale un parfum fort désagréable, comme si la rigidité des formules toutes faites et lieux communs qui la composent était déjà celle d'un cadavre.

Dans ces tristes circonstances, je suis heureux et fier d'annoncer que les forces vives de la nation, mes élèves en tête, sont prêtes à se battre jusqu'à la mort pour que *nénufar* ne se voie pas scandaleusement privé de son *ph* et qu'*ognon* conserve son mystérieux *i*. Qui peut nier que ce soit une bonne nouvelle ?

JE SUIS
NÉNUPHAR

7.

Le chef, le buffet et la baie

Lundi 7 mars 2016

JE N'AURAIS PAS DÛ mentionner son nom dans ma dernière chronique car, depuis que j'ai commis cette erreur fatale, je ne cesse de penser à lui. Je me rappelle, non sans une étrange et douce nostalgie, la seule fois où je l'ai croisé. C'était à Alger, en novembre 2006, à l'occasion d'une soirée que l'ambassadeur de France donnait en son honneur dans les jardins de la Villa des Oliviers. Il n'était encore que ministre de l'Intérieur mais la splendeur de son avenir présidentiel ne faisait de doute pour personne. J'étais invité avec tout le personnel français du lycée international Alexandre-Dumas et, en dépit de nos tenues de ville et robes de soirée irréprochables, nous conservions tous, égarés parmi les diplomates et les entrepreneurs, l'attitude modeste, reconnaissante et quelque peu embarrassée qui convient à la plèbe – ce qui ne suffisait pas à nous éviter quelques regards ostensiblement condescendants. Il y a bien longtemps que le noble métier d'enseignant ne suscite plus le respect de personne.

Avec mes amis Tarik et Ryad, nous feignions d'admirer la baie tout en surveillant discrètement le buffet auquel il n'était, hélas ! pas encore permis d'accéder. Beaucoup de mes collègues devaient se demander, comme je le faisais moi-même, par quelle aberration ils n'avaient pas choisi de consacrer leur soirée à une autre activité, n'importe laquelle pourvu que ce ne fût pas celle-ci. En vérité, nous étions tous victimes de notre curiosité : nous avions envie de voir Nicolas Sarkozy en chair et en os. Nous ne risquions pas grand-chose : la qualité de l'assemblée et la propreté de la résidence de France le dissuaderaient sûrement de karchériser les lieux.

Il était en retard, comme doivent l'être les chefs. Nos regards délaissaient de plus en plus souvent la baie pour s'attarder douloureusement sur les petits fours et les bouteilles de single malt inaccessibles. Soudain, un frisson authentiquement érotique parcourut la foule : quelque chose d'invisible la traversait autour de quoi elle se pressait sous l'action d'une mystérieuse force de gravité ; on voyait seulement avancer une vague de chair humaine d'où émergea enfin, telle une Vénus en costume de soie, le ministre de l'Intérieur qui se hissa derrière le pupitre et commença son discours.

Je ne me souviens plus de quoi il parla exactement – sans doute de refus de la repentance, puisque c'était déjà à la mode à l'époque –, mais c'est sans importance car l'essentiel de son propos consistait en de constantes allusions aux prochaines élections présidentielles, allusions si légères qu'il ne leur manquait plus que d'être appuyées par un clin d'œil entendu mais qui arrachaient immanquablement à l'assemblée des rires et des gloussements complices. En concluant, il proposa à ceux qui le voulaient de venir s'entretenir avec lui en promettant qu'il se montrait encore plus direct en privé qu'en public, ce qui semblait assez difficile à imaginer. À cette annonce ne répondirent plus des gloussements mais de véritables râles.

Le spectacle était profondément gênant – je ne peux pas me rappeler ces râles sans avoir honte de les avoir entendus. On avait le sentiment d'assister, sans aucune possibilité de s'échapper, aux ébats intimes d'un couple monstrueux. Mais c'était tout de même fascinant parce que le pouvoir révélait là quelque chose de sa nature obscène que ma méconnaissance des hautes sphères ne me permettait pas de soupçonner. Les petites plaisanteries de Nicolas Sarkozy n'étaient pas très drôles mais je suis convaincu que, même s'il avait lu l'annuaire téléphonique de la wilaya d'Alger, il aurait fait rire ses auditeurs pour peu qu'ils eussent perçu que c'était là son intention. Car ce qu'ils désiraient, au-delà de tout, c'était justement aller au-devant de son propre désir, le précéder, le combler, se laisser façonner par lui avec une servilité presque désarmante. Ils voulaient que le chef les entende rire et se découvre irrésistible grâce à eux. Constater que des gens qui exercent eux-mêmes un pouvoir n'aspirent à rien d'autre qu'à devenir des laquais pourrait conduire à remettre en cause la pertinence de la démocratie comme forme d'organisation politique mais, n'ayant toujours pas rompu mon vœu de légèreté, je me refuse à valider semblable conclusion.

D'autant que je n'ai rien contre Nicolas Sarkozy. Car il monopolisa encore longtemps toute l'attention et grâce à lui, ce soir-là, Tarik, Ryad et moi pûmes nous approcher du buffet désert en nous épargnant le recours à cette forme courtoise de krav-maga sans laquelle il est illusoire, même dans les soirées mondaines, d'espérer y accéder. Nous nous régalâmes donc sans modération, sous le regard réprobateur du maître d'hôtel, d'un Blue Label fort cher mais quelque peu surestimé. N'eût été la présence de Nicolas Sarkozy, je n'en aurais pas obtenu une seule goutte. C'est dire l'étendue de ma gratitude envers lui.

8.

Synonymes inattendus

Lundi, 14 mars 2016

S'IL EST UNE RÉFORME que Manuel Valls est en train de mener avec succès, c'est celle de la langue française. Il est particulièrement injuste que nul n'ait songé à l'en féliciter ; car, grâce à lui, notre lexique sera bientôt débarrassé des termes redondants qui l'encombrent inutilement. Nous y gagnerons certainement en clarté et, surtout, en simplicité. Ainsi, après nous avoir révélé que « comprendre » ou « expliquer » signifiait tout bonnement, et sans que personne ne s'en avise jusqu'ici, « excuser », voilà qu'il nous apprend qu'« antisémitisme » et « antisionisme », dont on pouvait croire naïvement qu'ils désignaient deux réalités différentes, sont en fait rigoureusement synonymes [1].

1. Le 7 mars, lors du dîner annuel du Conseil représentatif des institutions juives de France (CRIF).

Sans préjuger des stupéfiantes découvertes que le Premier ministre ne manquera pas de livrer à notre admiration dans les prochaines semaines, peut-être sur le sens du verbe « gouverner », en voilà déjà deux, considérables, qu'on peut d'ores et déjà porter à son crédit et qui méritent à coup sûr un commentaire.

Pour être franc, il est à mes yeux tout à fait mystérieux qu'on puisse sérieusement confondre « expliquer » et « excuser », quoique cette confusion ne cesse d'être faite et, qui plus est, revendiquée depuis les attentats de janvier 2015. Je crains qu'elle ne soit pas une erreur qu'on pourrait corriger (par exemple en consultant un dictionnaire) mais un symptôme, celui du règne hégémonique de l'émotion, et qu'à ce titre elle résiste à toute tentative rationnelle de réfutation. Que le Premier ministre la reprenne à son compte, en invalidant *a priori* tout travail universitaire, pire encore, en accusant implicitement les chercheurs en sciences sociales de complaisance envers les terroristes, cela, c'est une honte. J'éclairerai peut-être une distinction qui apparemment, malgré sa simplicité, lui échappe, en précisant que, si sa prise de position peut fort bien s'*expliquer* par des motifs bassement démagogiques, il n'y a là rien qui puisse l'*excuser*. Comme rien ne peut excuser que, au dîner du Crif, il ait publiquement assimilé critique d'Israël et antisémitisme.

Ce ne sont pas là de pures et simples inepties. On pourrait effectivement citer des articles dans lesquels les causes économiques et sociales sont présentées comme des excuses ; de même, il n'est pas contestable qu'un certain antisionisme dissimule un authentique antisémitisme – sans qu'on puisse aisément déterminer lequel est la conséquence de l'autre. Mais il est évidemment absurde d'en conclure que tout sociologue abrite un djihadiste assoiffé de sang, ou que tout critique de l'admirable politique israélienne actuelle est un admirateur de Faurisson. Ce n'est pas seulement absurde sur le plan logique : c'est une ignominie morale doublée d'une faute politique. L'existence de contradicteurs de bonne foi est niée, le débat politique est criminalisé, la complexité et la diversité des opinions sont réduites à une opposition binaire et radicale à laquelle il devient impossible d'échapper, et l'espace du désaccord raisonnable, vital en démocratie, se transforme en champ de bataille.

J'ai enseigné pendant six ans dans des pays arabes, devant des élèves pour lesquels la politique d'Israël vis-à-vis des Palestiniens apparaissait comme un problème – notamment, ajouterai-je au risque de passer pour un antisémite, parce que *c'est* un problème, comme le pensent également un certain nombre de citoyens israéliens qui seront sûrement reconnaissants à Manuel Valls de leur révéler leur antisémitisme. Aurais-je dû dire à ces jeunes gens qu'ils devaient choisir entre le soutien inconditionnel à Israël et l'antisémitisme ? Une telle attitude n'aurait-elle pas été évidemment contre-productive ? Et, compte tenu de l'état de la société française, est-ce vraiment le discours qu'il faut tenir, *a fortiori* lorsqu'on est Premier ministre ?

Il est vrai que l'infaillibilité avec laquelle monsieur Valls et son gouvernement choisissent des mesures contre-productives confine au pur génie. Si l'alcool ne leur était pas interdit, les djihadistes auraient sûrement sablé le champagne. Je ne serais pas étonné d'apprendre que Dieudonné l'a fait, une fois de plus, après qu'on lui en a donné si souvent l'occasion. Il faut bien avoir du génie pour quelque chose.

Le plus frustrant est qu'on ne peut même pas tenir rigueur à Manuel Valls de ses initiatives car, en vérité, il n'a rien initié du tout. Comme la presque totalité du personnel politique, il se contente d'accompagner servilement les mouvements d'opinion et d'asséner, l'œil noir et l'air viril, des lieux communs d'une absolue platitude. Le conformisme se fait transgressif ; la médiocrité, décomplexée : une refonte complète du dictionnaire des synonymes devient décidément urgente.

9.

Le stratagème 13

Lundi 21 mars 2016

CONTRAIREMENT à ce que pourrait laisser penser ma chronique de la semaine dernière, je n'ai aucun goût pour l'ironie. S'il est certes plus facile, efficace et plaisant de tourner en dérision les propos de ses adversaires que de s'échiner à les réfuter, nul ne prétendra que le procédé soit particulièrement honorable. D'autant que la légèreté de ton, l'amour de la formule et du bon mot, grâce auxquels on met les rieurs de son côté, toutes ces manifestations si françaises de ce qu'on appelle *l'esprit*, peuvent aussi bien être considérés comme les symptômes d'une extraordinaire prétention. Je n'entendais donc pas me montrer ironique envers le Premier ministre : quand j'écrivais qu'on ne peut pas lui tenir rigueur de ses prises de position, j'étais malheureusement sincère. Notre classe politique – dont Manuel Valls n'est qu'un représentant paradigmatique – témoigne d'une incapacité pathologique à agir et à penser, bien plus redoutable que ne le seraient l'hypocrisie ou la duplicité.

Ce qui me frappe et me désespère depuis des mois, c'est la façon dont tous les débats, de Facebook aux grands quotidiens nationaux, en passant par l'ensemble des partis politiques, sont pris au piège d'une indigente dichotomie, dont l'intervention de Manuel Valls au dîner du Crif donnait une parfaite illustration. Le procédé n'est pas nouveau, même si je doute qu'il ait jamais été utilisé dans de telles proportions. On en trouve une description parfaite dans *L'Art d'avoir toujours raison.* Il était écrit que Schopenhauer, poursuivi par une implacable malédiction éditoriale, ne connaîtrait le succès que sur un malentendu, comme en témoignent les commentaires furieux laissés par les clients d'un site de vente en ligne trop connu pour qu'il soit nécessaire de le nommer : les consommateurs floués y expriment leur légitime indignation de se retrouver en possession, non du livre de *coaching* leur permettant de briller en société qu'ils attendaient, mais d'un manuel de dialectique éristique, aussi érudit qu'inutilisable. S'ils avaient eu la patience de le lire, ils auraient pourtant découvert dans l'opuscule de Schopenhauer un moyen pratique et infaillible de rendre impossible quelque dialogue que ce soit.

Quoi qu'on pense, quoi qu'on dise, on est rejeté vers l'un ou l'autre des pôles extrêmes de l'alternative.

Il s'agit du treizième stratagème.

« Pour amener (notre adversaire) à admettre une proposition, il faut que nous en énoncions le contraire et lui donnions le choix entre les deux, mais en formulant ce contraire de manière si brutale qu'il ne lui reste plus, s'il veut éviter de chasser le paradoxe, qu'à donner son assentiment à notre proposition qui, par comparaison, apparaît tout à fait admissible. »

C'est exactement le principe de la réduction dichotomique qui me semble régner sans partage aujourd'hui, à ceci près que son application ne relève même plus d'un stratagème – ce qui supposerait une volonté consciente, fût-elle maligne, de sa mise en œuvre – mais de la spontanéité la plus pure et la plus irréfléchie. Schopenhauer ne se montre, il est vrai, guère prodigue d'exemples, ce qui lui est justement reproché par ses acheteurs dépités, mais nous pouvons facilement en trouver nous-mêmes – trop facilement, en vérité.

J'en ai donné un la semaine dernière : « Soutenez-vous sans réserve la politique d'Israël ou êtes-vous antisémite ? »

En voici trois autres : « Êtes-vous favorable à la déchéance de nationalité ou pensez-vous que les terroristes ne devraient pas être punis ? » ; « Êtes-vous favorable à la fin des menus de substitution dans les cantines ou êtes-vous un ennemi de la laïcité ? » ; « Pensez-vous que le salafisme n'est pas un problème ou êtes-vous islamophobe ? »

On remarquera que ces questions présupposent des convictions politiques contradictoires, ce qui est sans importance dans la mesure où c'est leur forme qui pose un problème, non les convictions dont elles émanent. Si ce dispositif est invincible, comme l'est toujours la bêtise, c'est qu'il interdit toute réponse complexe : quoi qu'on pense, quoi qu'on dise, on est rejeté vers l'un ou l'autre des pôles extrêmes de l'alternative ; « c'est ce qui se passe quand on place le gris près du noir ; on peut le qualifier de blanc ; et si on le place à côté du blanc, on peut le qualifier de noir », explique Schopenhauer.

La seule parade envisageable, dit-il encore, consiste à « ne pas s'engager dans une controverse avec le premier venu, mais seulement avec ceux que l'on connaît. [...] Quant aux autres, qu'on les laisse dire ce qui leur passe par la tête car c'est un droit de l'homme que d'être idiot ». C'est effectivement une solution pleine de charme et de bon sens. Malheureusement, l'adopter, c'est inévitablement refuser de participer, avec les autres, à l'existence d'un espace politique, si ce mot doit encore signifier autre chose que la quête du pouvoir.

10.

Repentance et héritage

Lundi 4 avril 2016

30 mars 2016 : abandon du projet de loi sur la déchéance de nationalité.

FAUT-IL SE RÉJOUIR de l'abandon d'une inutile réforme de la Constitution conçue sous la menace des kalachnikovs ou s'affliger du spectacle que nous offre une fois encore notre classe politique ? On sent bien que toute tentative inconsidérée de répondre à cette question risque de se révéler particulièrement déprimante. La prudence me conseille donc de choisir un autre sujet : l'entretien que Pierre Joxe a accordé au Bondy Blog la semaine dernière, par exemple ; il nous rappelle, alors qu'on n'y croyait plus guère, que les propos d'un homme politique peuvent encore susciter autre chose que la consternation ou l'hilarité.

Quand a-t-on commencé à fustiger la « repentance » ? Si ma mémoire est bonne, j'enseignais encore en Algérie quand je ne sais plus quel parlementaire avait eu l'idée géniale de parler du rôle positif de la colonisation ou plutôt – délicieux euphémisme – de la « présence française ». On pouvait retracer sans peine les étapes du raisonnement qui avait conduit notre député à adopter cette mâle posture, quitte à choquer des Africains dont l'ingratitude n'est plus à démontrer : puisqu'on n'avait le choix qu'entre le repentir éternel et la revendication cynique, mieux valait choisir cette dernière option, même si elle entraînait une relecture pour le moins hardie de notre histoire. Pourtant, à l'époque déjà, cette alternative ne me semblait pas du tout pertinente : j'étais pleinement conscient de l'ampleur des crimes de la colonisation et je ne me promenais cependant pas dans Alger la tête recouverte d'un sac de cendres en suppliant les passants de me pardonner.

Pierre Joxe expose ce paradoxe avec une clarté remarquable : « Et, au fond, on peut dire que c'est d'une certaine façon normal qu'un Français de 50 ans ou *a fortiori* plus jeune ne se sente aucune responsabilité dans le passé colonial de la France, dans les crimes qui ont été commis à cette époque dans différentes régions du monde. Mais d'un autre côté, c'est une illusion parce que l'histoire d'un pays, l'histoire d'un peuple, est globale. Elle est l'histoire des générations d'avant. »

Tout le mystère est là : quels que soient les efforts qu'on fasse pour le nier, du seul fait de notre arrivée dans un monde que nous n'avons pas choisi, nous appartenons à une histoire ; et ce fait n'a rien à voir avec la responsabilité morale qui nous incombe en tant qu'individus – il n'a donc rien à voir avec le repentir ou la mise en accusation. « Moi, je ne me ressens pas une position d'accusateur, poursuit Pierre Joxe. Je l'ai eue quand j'étais jeune, dans des mouvements étudiants anticolonialistes, j'étais accusateur, oui, de ceux qui étaient auteurs de crimes. À présent, je me sens héritier de cela, mais pas responsable, ni coupable. Je pense qu'une partie des Français n'arrive pas à bien sentir que, sans être coupables, nous sommes héritiers de cette histoire. » Assumer son héritage n'a rien à voir avec le repentir car il n'existe rien de tel qu'une responsabilité morale collective.

En 1945, Karl Jaspers a donné un cours incroyablement lucide et courageux, publié chez Minuit sous le titre *La Culpabilité allemande.* Il y distingue notamment la culpabilité juridique, qui concerne uniquement ceux qui se sont rendus coupables de crimes, de la culpabilité [1] politique, qui concerne

1. Dans le second cas, le terme de culpabilité n'a de sens que parce que le public auquel s'adresse Jaspers a connu le nazisme. Il ne convient bien sûr plus pour les générations suivantes et doit être remplacé par celui de responsabilité ou d'héritage.

un peuple tout entier, en tant que tel, y compris Jaspers lui-même, bien qu'il ait été anti-nazi. Quand Pierre Joxe se reconnaît comme l'héritier d'un passé politique qu'il a pourtant combattu, il illustre, me semble-t-il, le sens de cette distinction essentielle.

Essentielle, elle ne l'est pas seulement du point de vue théorique ; car si on refuse de la faire, tout le monde devient indistinctement innocent et coupable ; les actes des criminels se dissolvent dans une impénétrable indétermination collective et les innocents portent le poids de crimes qu'ils n'ont pas commis. C'est alors qu'on n'a plus d'autre choix qu'entre le repentir accusateur et la revendication. La stérilité de cette alternative trompeuse et inacceptable structure plus que jamais notre espace politique, et l'intelligence de Pierre Joxe n'y changera sans doute rien, d'autant que, je le sais bien, il n'exerce plus de responsabilités.

Mais je lui suis quand même extrêmement reconnaissant d'avoir permis que, pour une fois, une parole publique n'éveille en moi rien d'autre qu'un profond sentiment de respect.

11.

Comment voiler un débat de fond

Lundi 11 avril 2016

30 mars 2016 : interview de Laurence Rossignol, ministre des Familles, de l'Enfance et des Droits des femmes, par Jean-Jacques Bourdin, de RMC.

IL FAUT RENONCER à trouver une explication rationnelle, cela ne fait plus aucun doute : seule l'action d'un démon particulièrement facétieux et obstiné peut expliquer les ratés de la communication gouvernementale dont la ministre des Droits des femmes – mais aussi des Familles et de l'Enfance – vient de donner un nouvel exemple en parlant du voile islamique. « Il y a des femmes qui choisissent, a-t-elle déclaré, il y avait aussi des nègres américains qui étaient pour l'esclavage. » Sans une aide surnaturelle, Laurence Rossignol ne serait jamais parvenue à condenser, en une seule phrase merveilleusement concise, une bêtise et une injure. Que le mot « nègre » puisse ainsi monter spontanément aux lèvres d'une responsable politique, en toute bonne conscience et avec une si charmante spontanéité, offre un défi à l'imagination la plus folle. Peut-être

Laurence Rossignol venait-elle de faire une cure de gangsta'rap ou de regarder l'intégrale de *The Wire* en version originale ; à moins que son discours n'ait été parasité par un souvenir inopportun de *Django Unchained*, film d'une irréprochable rigueur historique dans lequel on trouve effectivement, en la personne de Samuel L. Jackson, un Noir favorable à l'esclavage. Le mystère doit hélas ! demeurer irrésolu.

Mais les propos de la ministre sont aussi révélateurs d'un phénomène plus accessible à l'analyse de l'esprit humain : je ne veux pas parler de la découverte bouleversante d'une propension qu'auraient les grandes marques de prêt-à-porter à faire de l'argent à tout prix, mais de la confusion totale qui entoure depuis des années les discours sur le voile.

Jusqu'ici, il allait de soi dans le discours officiel, y compris législatif, qu'une femme ne pouvait se voiler, *a fortiori* intégralement, qu'en y étant contrainte. C'est, par exemple, ce que montre clairement, dans la loi d'octobre 2010, la création d'un délit de « dissimulation forcée du visage ». On vient apparemment de découvrir que c'est évidemment faux et que certaines d'entre elles le choisissent.

L'erreur fondamentale a d'abord été de parler *du* voile, comme si le port de ce fâcheux bout de tissu résultait d'une cause unique et universelle et qu'une jeune femme de Sanaa se voilait intégralement pour les mêmes raisons qu'une convertie de Limoges – ce qui est évidemment absurde : dans le premier cas, le voile relève d'une tradition dont on peut penser ce qu'on veut tandis que, dans le second, il signifie la revendication, éventuellement polémique, d'une appartenance religieuse. Autrement dit, les femmes qui, en France, portent le voile intégral font acte de militantisme et je doute fort que le délit de « dissimulation forcée du visage » corresponde à quoi que ce soit de réel. Il est donc assez logique que cette pratique soit apparue comme un problème politique même si je crains qu'on ne puisse le résoudre par le recours à une loi qu'on n'a aucun moyen de faire appliquer.

Il semble que, aujourd'hui, ce ne soit plus seulement le *niqab* qui fasse l'objet d'une forte réprobation mais aussi le *hidjab*, c'est-à-dire le simple foulard. Je peux comprendre cette réprobation même si je ne la partage pas. Mais je conteste qu'elle puisse s'autoriser de raisons morales et juridiques.

Peut-être en viendrons-nous à transformer profondément notre définition de la laïcité mais, pour l'instant, en France, c'est la République qui est laïque et non la société, même si ce fait, comme j'ai pu en prendre conscience lors de discussions avec mes élèves, est largement ignoré. En conséquence, chacun a le droit d'exprimer ses convictions religieuses et de faire ses choix politiques en accord avec celles-ci.

Quant aux raisons morales, elles sont disqualifiées politiquement du seul fait qu'elles prétendent sonder l'obscurité de la conscience humaine. Peut-être existe-t-il quelque chose comme une aliénation volontaire mais, comme elle ne peut être factuellement constatée, elle ne peut faire l'objet d'une réponse politique et on doit s'en remettre au choix, éclairé ou non, des individus. Il n'en est pas du tout de même des prétentions, parfaitement constatables, que peuvent avoir les religions à imposer leurs règles dans des institutions publiques comme l'école ou les hôpitaux, ce à quoi je consacrerai une prochaine chronique. Mais nous préférons apparemment parler sans fin du voile comme si nous préférions réserver notre intransigeance à des problèmes non seulement futiles mais insolubles pour mieux fuir ceux qu'on pourrait tenter de régler.

Il est vrai que la stigmatisation stérile a l'avantage de la facilité mais je me demande vraiment si notre démon réserve son attention malicieuse au seul gouvernement.

12.

Déracinement

Lundi 18 avril 2016

3 avril 2016 : Première publication des *Panama Papers.*

8 avril 2016, article du *Monde* : « Richard Attias, l'offshore sans complexe ».

L'Enracinement de Simone Weil peut être lu dans l'édition « Champs », Flammarion, 2014.

JE ME RÉJOUIS D'APPRENDRE en lisant *Le Monde* qu'aux yeux de Richard Attias, « apôtre francophone du "*nation branding*" », le président du Panamá est « un type formidable, très business-business ! ». Avec grâce et concision, cette formule nous révèle l'existence insoupçonnée d'une vertu suffisante pour faire de celui qui la possède un homme politique avisé doublé d'un « type formidable ». J'avoue que mes préjugés, sans doute archaïques, s'en sont trouvés tout ébranlés. Mais par quel miracle aberrant ai-je pu, après une telle lecture, avoir envie de me tourner vers Simone Weil ? Je pourrais bien sûr évoquer un urgent besoin d'air pur mais ce n'est pas la seule raison.

À Londres, en 1943, très peu de temps avant sa mort, Simone Weil a rédigé un texte, *Prélude à une déclaration des devoirs envers l'être humain*, qu'Albert Camus publia chez Gallimard en 1949 sous un titre plus digeste : *L'Enracinement*. Il s'agit alors d'imaginer ce que pourra être la République française une fois la guerre terminée, et d'en élaborer les principes fondateurs. Le pays que nous connaissons ne ressemble guère à celui que souhaitait Simone Weil ; il en est même l'exact négatif. C'est pourquoi il est impossible de ne pas penser à elle, non sans une certaine tristesse, tant il est évident que l'écart qui nous sépare d'elle ne nous honore pas. Voici, par exemple, de quelle façon elle propose de concilier justice et inégalités sociales : « Il y a des méthodes moins grossières pour combiner l'égalité et la différence. La première est la proportion. La proportion se définit comme la combinaison de l'égalité et de l'inégalité, et partout dans l'univers, elle est l'unique facteur de l'équilibre. Appliquée à l'équilibre social, elle imposerait à chaque homme des charges correspondantes à la puissance, au bien-être qu'il possède, et des risques correspondants en cas d'incapacité ou de faute. Par exemple, il faudrait qu'un patron incapable ou coupable d'une faute envers ses ouvriers ait beaucoup plus à souffrir, dans son âme et dans sa chair, qu'un manœuvre incapable, ou coupable d'une faute envers son patron. De plus, il faudrait que tous les manœuvres sachent qu'il en est ainsi. Cela implique, d'une part, une certaine organisation des risques, d'autre part, en droit pénal, une conception du châtiment où le rang social, comme circonstance aggravante, joue toujours dans une large mesure pour la détermination de la peine. À plus forte raison, l'exercice des hautes fonctions publiques doit comporter de graves risques personnels. » Je suis certain qu'à l'heure de la publication des « Panama papers », un commentaire serait superflu.

Qu'on me permette de la citer encore assez longuement sur la question de la publicité et des médias : « De plus, le besoin même de liberté, si essentiel à l'intelligence, exige une protection contre la suggestion, la propagande, l'influence par obsession. Ce sont là des modes de contrainte, une contrainte particulière, que n'accompagnent pas la peur ou la douleur physique, mais qui n'en est pas moins une violence. La technique moderne lui fournit des instruments extrêmement efficaces. Cette contrainte, par sa nature, est collective, et les âmes humaines en sont victimes.

« L'État, bien entendu, se rend criminel s'il en use lui-même, sauf le cas d'une nécessité criante de salut public. Mais il doit de plus en empêcher l'usage. La publicité, par exemple, doit être rigoureusement limitée par la loi ; la masse doit en être très considérablement réduite ; il doit lui être strictement interdit de jamais toucher à des thèmes qui appartiennent au domaine de la pensée. »

Suit un paragraphe sur la répression de la bassesse et du mauvais goût qu'on jugera contestable, non dans sa teneur, mais parce qu'il suppose que la charge de faire appliquer les lois soit confiée à des saints. Comme on le voit, Simone Weil n'était pas très business-business et je doute fort qu'elle fût jamais passée aux yeux de quiconque pour un type formidable. Au moins nous force-t-elle à constater combien nos idéaux si pompeusement revendiqués de justice et de liberté sont constamment contredits par les faits. Les exigences de la publicité ou de l'audimat et celles de la démocratie sont incompatibles. L'exercice réel de la citoyenneté dépend davantage de la formation du jugement que du droit de vote, et il est évident qu'aucun publiciste, aucun directeur de programmes n'a intérêt à s'adresser à des hommes aptes à juger par eux-mêmes. Il me semble que les réseaux sociaux ont contribué à faire apparaître un phénomène encore plus préoccupant que l'incapacité à juger : une indifférence à la vérité, assumée, totale, innocente, qui constitue le symptôme de ce que Simone Weil aurait appelé, en utilisant les termes chrétiens qui seuls conviennent ici, une épouvantable maladie de l'âme.

13.

Fascisme et toilettes sèches

Lundi 25 avril 2016

31 mars 2016 : première « Nuit debout » place de la République.

17 avril : Alain Finkielkraut se rend sur place. Il est pris à partie par certains manifestants et doit quitter les lieux.

LE DOUTE N'EST PLUS PERMIS : nous voici revenus en pleine « barbarie », aux « temps les plus sombres de notre histoire », dans l'Italie des années 1920, quand les chemises noires fondaient sur leurs opposants en tirant horriblement la langue, dans un déchaînement de violence inouïe auquel les malheureux répondaient par une salve de « GNAGNAGNA » héroïques et désespérés. Il y a de quoi frémir et on frémit bien davantage quand on songe que ce n'est pas une sordide taverne des bas-fonds de Rome qui fut cette fois le théâtre d'une telle orgie de bestialité mais la place de la République, symbole sacré du « vivre-ensemble ». On aimerait pouvoir éviter d'employer le triste mot de *fascisme* mais, ne nous voilons pas la face, il est désormais impossible d'en faire l'économie. Car c'est bien la « bête immonde » elle-même qui, dissimulée sournoisement sous un masque « bobo », « privatise » impunément un espace public au sein duquel elle n'a pas hésité à « agresser lâchement » une incarnation de la pensée. Reste à savoir si notre République, « tirant les leçons de l'histoire », se montrera à la hauteur de l'outrage qu'elle vient de subir.

Chacun rendra hommage, je n'en doute pas, à l'objectivité toute en retenue avec laquelle je viens de rendre compte de la tragédie vécue la semaine dernière par Alain Finkielkraut. L'exceptionnelle importance de l'événement, ainsi que les réactions légitimement indignées qu'il a suscitées, appelle quand même quelques remarques.

S'en prendre en groupe à un individu isolé, fût-ce pour lui tirer la langue, est toujours ignoble. J'ajoute que je ne ressens qu'une sympathie modérée pour le mouvement Nuit debout, notamment parce que j'ai horreur des AG et que je tiens les toilettes sèches pour une invention du démon. Donc, la chose est claire : expulser Finkielkraut en l'agressant verbalement ne mérite aucun éloge – en dépit du fait qu'il manie lui-même l'invective et l'anathème hystérique au point de transformer chacun de ses passages dans les médias en un vibrant plaidoyer pour l'usage thérapeutique de l'ecstasy. Il faudrait d'ailleurs en rendre obligatoire la consommation pour tous si, du moins, la démocratie doit consister à accueillir toutes les opinions, y compris celles qu'on juge, à tort ou à raison, comme outrageantes ou criminelles, par un déferlement de tendresse – ce qui, à l'évidence, est humainement impossible sans un puissant adjuvant chimique. Car, si j'ai bien compris, on est en droit d'exiger de n'importe quel mouvement politique qu'il ouvre ses bras aux plus acharnés de ses adversaires comme à autant de fils prodigues. Les « fascistes » de Nuit debout en sont manifestement incapables ! Quel contraste si on pense, par exemple, que l'arrivée de Christine Boutin à la Gay Pride, la participation impromptue de Dieudonné à un dîner du Crif ou encore la présence d'une mère porteuse transgenre à une soirée de Civitas ou de Sens commun auraient sans nul doute donné lieu à de touchantes scènes de fraternisation.

Tout cela est donc à la fois tragique et totalement inattendu. Mais, après tout, comme le dit lui-même Alain Finkielkraut dans une tribune du *Figaro* : « Tout le monde s'en fout, de Nuit debout. » Certes, l'aveu est doublement curieux : politiquement, s'il s'agit réellement d'une manifestation fasciste, il serait prudent de s'y intéresser ; psychologiquement, j'avoue avoir du mal à comprendre comment, partant de la prémisse « il se passe quelque chose dont je me fous complètement ! », on peut en tirer la conclusion : « il faut donc que j'y aille de toute urgence ! ». Je ne crois pas qu'un homme capable de rendre publique une telle réaction ait pu faire preuve, comme je l'ai lu, d'un quelconque machiavélisme en poussant volontairement ses adversaires à la faute.

Il n'en est certes pas de même des responsables LR qui ont réagi avec une volupté prévisible. Le communiqué d'Éric Ciotti, par exemple, chef-d'œuvre de démagogie fielleuse qui oppose le visage des participants de Nuit debout, « celui de la haine et de l'intolérance », à la « majorité silencieuse, celle qui dort la nuit et travaille – ou cherche un travail – le jour », nous invite utilement à jouir d'un droit, autrefois réservé à l'aristocratie, que la démocratie a mis à la disposition de tous : celui de choisir ses interlocuteurs. Il nous permet également de modérer quelque peu les accusations de fascisme : ceux qui répondent à l'injustice sociale et à la médiocrité accablante de la classe politique par des réunions publiques en plein air ne considèrent certes pas que la démocratie se résume à la perspective exaltante de dormir la nuit pour chercher du travail le jour ; ils n'en sont pas moins d'une modération extrême et, pour tout dire, presque incroyable.

14.

« Mais je n'ai rien vu »

Lundi, 2 mai 2016

DANS L'UNE DE MES PRÉCÉDENTES chroniques, consacrée à un remarquable entretien accordé par Pierre Joxe au Bondy Blog, j'ai commis l'imprudence d'utiliser, à propos de l'Algérie, l'expression « crimes de la colonisation ». Je l'ai employée en toute innocence et sans nulle intention polémique, comme on évoque un simple fait. Je me suis sans doute montré naïf en sous-estimant la puissance des émotions que déchaîne encore toute évocation de la guerre d'Algérie, près de soixante ans après qu'elle s'est achevée. À ma décharge, toutes les discussions auxquelles j'ai participé, en 2010, autour d'un de mes romans consacré au sujet se sont déroulées dans un climat étrangement serein qui m'a sans doute amené à conclure un peu vite que la sérénité, d'exceptionnelle qu'elle était, devenait la règle. Le courrier reçu ces dernières semaines m'a permis de prendre conscience de mon erreur.

Certains lecteurs ont donc été choqués par le terme de « crime » et me reprochent, au moins pour l'un d'entre eux, d'avoir sacrifié à l'inévitable « politiquement correct » sans prendre la peine de me renseigner au préalable. Le procédé consistant à réagir publiquement à des courriers privés est particulièrement inélégant, surtout quand ceux à qui l'on s'adresse n'ont pas la possibilité de s'exprimer par la même voie ; je n'y recourrai donc pas et me contenterai de saisir l'occasion que m'offrent ces lecteurs de clarifier ma position.

La chronique incriminée avait précisément pour but de distinguer entre la responsabilité politique et la responsabilité morale. Dans mon esprit, il est donc clair que reconnaître les crimes commis pendant la colonisation ne revient nullement à accuser les Français d'être des criminels. En tant qu'individus, nous n'avons à répondre moralement que des actes que nous avons personnellement commis. Mais c'est plus fort que nous : nous ressentons les critiques adressées à la politique de notre pays comme des attaques personnelles. Et nous nous en défendons habituellement au moyen d'arguments qui relèvent, au mieux, du sophisme et, au pire, du déni. Au déni pur et simple, il n'y a pas grand-chose à répondre. Je ne suis pas sûr qu'on puisse s'en sortir mieux avec les sophismes. Essayons toujours d'en examiner deux.

Le premier consiste à justifier les crimes commis par le camp auquel on appartient par l'existence avérée de crimes, évidemment abominables, commis par le camp adverse.

Ainsi, on ne pourrait blâmer l'armée française d'avoir eu recours à la torture puisque le FLN s'est rendu coupable d'exactions encore plus atroces. La constance et l'universalité avec lesquelles cette curieuse arithmétique est utilisée pendant chaque conflit n'en garantissent pourtant pas l'efficacité morale. Il ne fait pas de doute qu'un assassin qui, pour sa défense, ferait valoir, à juste titre, qu'il existe des assassins plus cruels que lui et en tirerait la conclusion que son acquittement s'impose aurait bien du mal à convaincre les plus cléments des juges.

Le second sophisme, si répandu qu'il manqua de peu, en 2005, d'être inscrit dans la loi, est peut-être plus subtil : il consiste à affirmer que l'emploi de la violence, pour regrettable qu'il soit, est largement contrebalancé par l'abondance de bienfaits qu'il a rendue possible. On citera à titre d'exemples l'alphabétisation, les progrès en matière de médecine et d'hygiène ou l'accession d'indigènes à de hautes fonctions auxquelles, sans l'action vigoureuse de la puissance colonisatrice, ils n'auraient jamais pu prétendre. En s'appuyant sur ce remarquable argument, on a donc tout loisir de faire, malgré eux et *manu militari*, le bonheur d'hommes qui s'obstinent de manière incompréhensible à vivre dans les ténèbres de la barbarie. Il va de soi que personne au monde ne souhaiterait faire lui-même l'objet d'une telle sollicitude – ce qui est déjà fort suspect.

Mais ne doit-on pas admettre, au moins, l'existence de ces bienfaits, même s'ils ne justifient rien ? Je ne sais pas. Je préfère laisser la parole à quelqu'un de mieux renseigné que moi. Voici ce que dit Albert Camus, en 1939, au sujet de la Kabylie : « Il faut l'écrire sans tarder : la misère de ce pays est effroyable. Dans une des régions les plus attirantes du monde, un peuple entier souffre de la faim et les trois quarts de ses hommes vivent des charités administratives. Ces hommes, qui ont vécu dans les lois d'une démocratie plus totale que la nôtre, se survivent dans un dénuement matériel que les esclaves ne connaissaient pas. » Je ne crois pas que Camus puisse passer pour un dangereux précurseur du FLN. Mais il sait pourtant, lui, ce qu'il en est des bienfaits de la colonisation. Il en a cherché la trace, il l'écrit, et il l'a cherchée en vain : « Je suis allé en Kabylie avec l'intention délibérée de parler de ce qui était bien. Mais je n'ai rien vu. »

15.

L'Europe
de la mer bleue et de la mer grise

Lundi 9 mai 2016

Les *Considérations actuelles sur la guerre et sur la mort* peuvent être lues dans les *Essais de psychanalyse*, Payot, 1971, rééd. « Petite Bibliothèque », 2014.

« CELUI QUE L'URGENCE DE LA VIE ne retenait pas prisonnier à la même place pouvait de tous les avantages et de tous les charmes des pays civilisés se composer une nouvelle et plus grande patrie où il évoluait sans entraves et à l'abri des soupçons.

« Il jouissait ainsi de la mer bleue et de la mer grise, de la beauté des cimes enneigées et de celle des vertes prairies, de l'enchantement de la forêt nordique, de la splendeur de la végétation méridionale, de l'atmosphère des paysages sur lesquels planent de grands souvenirs historiques et de la paix de la nature inviolée.

« Pour lui, cette nouvelle patrie était aussi un musée, plein de tous les trésors que les artistes de l'humanité civilisée avaient créés et légués depuis des siècles. [...] Entre les grands penseurs, poètes, artistes de toutes les nations, il avait élu ceux auxquels il supposait devoir le meilleur de ce qui lui avait été imparti en fait de jouissance et d'intelligence de la vie. [...] Aucun de ces grands hommes, même parlant une autre langue, ne lui était apparu étranger, [...] et jamais il ne s'était reproché pour autant d'avoir renié sa propre nation et sa langue maternelle bien-aimée. »

Cette « nouvelle patrie », c'est bien sûr l'Europe ; mais, en 1915, dans *Considérations actuelles sur la guerre et sur la mort*, Freud ne peut plus l'évoquer qu'en employant l'imparfait : le « musée » est devenu un gigantesque abattoir, « l'humanité civilisée » invente de nouveaux raffinements de sauvagerie, et l'ampleur de la désillusion est telle que rien ne saurait en donner une idée.

Dans une tribune de 2013, l'écrivain espagnol Javier Cercas rappelait que nous sommes, grâce à l'Union européenne, la première génération qui n'ait jamais connu la guerre – et que nous ayons pu songer sérieusement à appeler « guerre » la situation qui est la nôtre depuis novembre 2015 prouve à quel point nous avons oublié ce que cela signifie. C'est là une chance exceptionnelle. Il n'est pas dit qu'elle doive durer toujours et nous protéger encore des désillusions cruelles.

Je suis à Belgrade depuis quelques jours et, ici plus qu'ailleurs en Europe, dans une région où vivent des hommes qui savent encore que l'Histoire, pour citer Freud à nouveau, « est pour l'essentiel une suite de meurtres », il est inévitable de se rappeler que la guerre n'appartient pas seulement à la poussière des archives ou aux cieux des contrées lointaines.

La première fois que j'en ai pris conscience, c'était devant une photo de Ron Haviv, en 1992 ou 1993. Un jeune homme, membre du groupe paramilitaire les « Tigres d'Arkan », donne des coups de pied à des civils bosniaques allongés sur le trottoir, sans doute déjà morts. Il porte des lunettes de soleil à monture blanche ; entre deux doigts de sa main gauche négligemment suspendue en l'air se consume une cigarette qu'il ne s'est pas donné la peine d'éteindre. Pourquoi cette photo

m'avait-elle alors stupidement semblé plus réelle que toutes celles, prises au Viêtnam, en Iran ou au Liban, que j'avais vues jusqu'alors ?

Sans doute parce que l'atroce désinvolture de la scène que le photographe avait figée était cette fois totalement dénuée d'exotisme et n'offrait donc aucune espèce d'échappatoire – si ce n'est, bien sûr, de détourner le regard au plus vite, ce que je me suis empressé de faire.

Pendant plus de cinq ans, ici, dans les Balkans, l'Europe a eu l'occasion de faire la preuve de son impuissance, cette Europe qui, à chaque fois qu'elle doit régler un problème politique, que ce soit un conflit ou l'accueil de réfugiés, ne se contente pas d'échouer mais met un point d'honneur à échouer de la manière la plus infamante qui soit – à l'image, il est vrai, de la communauté internationale dans son ensemble. Il ne me semble pas que la gravité de ces échecs répétés puisse être compensée par l'existence d'un vaste espace de libre-échange.

Mais je ne suis pas ingrat. Je suis heureux de profiter, alors que tant d'hommes vivent à l'intérieur de leurs frontières comme derrière des murs de prison, d'une liberté de déplacement que Freud n'aurait pu imaginer, je suis heureux d'avoir vécu en paix, et je sais bien que le confort se paye toujours au prix de l'aveuglement et de l'indifférence.

L'Europe de la mer bleue et de la mer grise

En attendant que nous soyons complètement devenus les clients interchangeables d'un gigantesque supermarché ou que notre impuissance politique fasse voler notre monde en éclats, je préfère m'en tenir à l'Europe de Freud, la mer bleue et la mer grise, les trésors, la proximité d'hommes qui ne parlent pas la même langue que nous, la grande et les petites patries ; mais je n'oublie pas que le tableau qu'il en dresse est avant tout celui d'une douce et merveilleuse illusion.

16.

Commémoration pour les nuls

Lundi 23 mai 2016

13 mai 2016 : annulation, en raison de vives polémiques, du concert du rappeur Black M. prévu pour la commémoration du centenaire de la bataille de Verdun.

La polémique provoquée par la participation de Black M. aux commémorations de Verdun illustre de manière saisissante à quel point le débat public est désormais irrémédiablement piégé. Ne voyant aucun moyen d'échapper à ce piège, j'avais résolu de ne pas évoquer l'affaire : il me semble, en effet, tout à la fois indécent et grotesque d'avoir songé à organiser un concert de rap sur les lieux d'une boucherie, mais je ne veux pas joindre ma voix à celle de l'extrême droite dont je n'ai aucune intention de valider les arguments, fût-ce sur un sujet aussi minuscule. Et puis j'ai lu la tribune publiée le 16 mai dernier dans *Libération* par le président de SOS Racisme, Dominique Sopo. Il y dénonce la motivation raciste que dissimulent assez grossièrement les vertueuses indignations patriotiques et ajoute ceci : « Je ne parle pas ici de celles et ceux qui critiquèrent le choix d'un concert de rap en parallèle de la commémoration de la bataille de Verdun. Cette critique-là, je ne la partage pas mais elle s'entend et ne manque pas d'arguments. » Je le remercie d'avoir écrit ces deux phrases par lesquelles il refuse de tout réduire à la souveraine stupidité des dichotomies inacceptables et qui m'ont donné l'espoir de pouvoir écrire cette chronique sans me faire immédiatement traiter de fasciste.

Je ne doute pas une seconde que Dominique Sopo a raison : ceux qui, les premiers, se sont offusqués de la présence de Black M. ne se préoccupent, au fond, ni d'antisémitisme, ni d'homophobie, ni même de Verdun.

Leur cri de protestation est avant tout un long cri de jouissance. Ils sont trop heureux de s'être vu offrir l'objet de détestation parfait, celui qui leur permettait d'exprimer leur racisme sous des apparences honorables. Il n'y a là rien de bien surprenant.

Ce qui l'est davantage, en revanche, c'est que de mystérieux organisateurs, dont on comprend qu'ils préfèrent rester discrets, aient pu juger qu'inviter Black M. était une excellente idée et parachèvent leur chef-d'œuvre en annulant son concert après avoir courageusement laissé le maire de Verdun affronter seul la tourmente. Je n'ai pas l'intention de me lancer dans une nouvelle exégèse, à charge ou à décharge, des chansons incriminées. Je ne sais pas si Black M. est un admirateur sournois de Daech – auquel cas il aurait été judicieux de ne pas l'inviter – ou l'incarnation d'un moderne patriotisme – auquel cas il est scandaleux d'avoir annulé son concert –, et cela n'importe guère. Le problème aurait été le même si, en lieu et place d'un chanteur de rap, on avait jugé bon d'inviter un boys band, une chanteuse de variétés, des danseurs de bourrée auvergnate ou un groupe de death metal, dût-il avoir la particularité d'être exclusivement composé de pupilles de la nation. Il n'est nullement question de roman national, de grandeur de la France éternelle, de sacrifice librement consenti ou, comme j'ai pu le lire avec une certaine délectation, de lutte vaguement anachronique contre le nazisme, mais du simple fait qu'il existe des occasions plus appropriées de se divertir que la commémoration d'une bataille aussi meurtrière. On peut même considérer qu'une certaine solennité rituelle n'est pas tout à fait déplacée face à la mort.

Il est vrai que c'est très ennuyeux, un rituel, et qu'il fallait bien tenter de susciter l'intérêt de la jeunesse.

Car le « Jeune », ce grotesque archétype platonicien qui s'ébat exclusivement dans les fantasmes des membres de cabinets ministériels, ne s'intéresse, on le sait bien, qu'à ce qui l'amuse. Il faut donc l'amuser, de toute urgence, partout, tout le temps. Être créatif. Proposer une chasse au trésor dans un camp de concentration ou un atelier pluridisciplinaire « Fabrique toi-même ton obus de 120 ». Cette conception, dont l'apparente bienveillance relève en fait d'un mépris colossal, est évidemment stupide et fausse, comme le savent, je pense, tous mes collègues enseignants qui côtoient, non les clones interchangeables d'une abstraction, mais des jeunes gens en chair et en os. Eût-elle été vraie qu'on aurait dû prendre le risque d'ennuyer la jeunesse plutôt que d'organiser, pour aller au-devant de ses désirs supposés, une kermesse dans un cimetière. Après tout, nul n'est contraint de s'émouvoir au souvenir des morts de la Grande Guerre, et on pouvait envisager de nombreuses façons de ne pas transformer la commémoration de Verdun en une catastrophe ridicule.

C'était compter sans le génie de nos glorieux décideurs. Je pense qu'on les a mis au défi. On a dû leur dire : vous n'êtes tout de même pas capables de saboter une cérémonie aussi consensuelle et symbolique tout en servant la soupe à l'extrême droite !

Piqués au vif, ils ont aussitôt fait la démonstration qu'ils l'étaient.

17.

Décomplexion

Lundi 30 mai 2016

LES COMMENTATEURS ASSIDUS de la presse en ligne ne peuvent sans doute pas être considérés comme un échantillon représentatif de la population française. Leur amour de l'information, l'énergie qu'ils déploient dans la défense de leurs opinions, l'abnégation avec laquelle ils se consacrent à cette activité dans le seul but de faire vivre la démocratie, le plus souvent dans un anonymat empreint d'humilité, font certainement d'eux des citoyens d'exception. Mais je ne peux m'empêcher de croire que leurs propos sont malgré tout symptomatiques et nous offrent une image, d'autant plus lisible qu'elle est caricaturale, de la profonde évolution de nos valeurs.

Il me faut d'abord confesser que je fais parfois des infidélités à *La Croix* : je suis également abonné à la version numérique du *Monde*, quotidien honorable s'il en est et peu suspect de sympathie pour l'extrémisme quel qu'il soit ; pourtant, la semaine dernière, en lisant les vigoureuses réactions suscitées par une tribune, j'ai craint un instant que mon compte ait été victime d'un pirate qui l'avait malicieusement transféré sur le site de *Valeurs actuelles*.

La scandaleuse tribune était signée par Marwan Lahoud, directeur général délégué du groupe Airbus, et Hakim El Karoui, ancien conseiller de Jean-Pierre Raffarin à Matignon. Il ne peut donc s'agir, à l'évidence, que de dangereux salafistes, sans doute occupés, à l'heure même où j'écris, à franchir clandestinement la frontière syrienne. Qu'on en juge : ils proposent de développer l'enseignement de l'arabe à l'école publique !

Dans quel noir dessein ? Écoutons-les : « [...] L'imbrication de la langue et de la religion est telle dans l'islam, *a fortiori* quand on enseigne l'arabe dans les mosquées, que l'apprentissage de la langue est évidemment une occasion de prosélytisme, notamment dans les mosquées salafistes. Sauf que l'arabe existe indépendamment du Coran, c'est une langue vivante, une langue de culture, une langue des affaires. » Il s'agit donc pour eux de séculariser l'enseignement de l'arabe pour d'évidentes raisons pédagogiques, et surtout politiques, que je ne peux détailler ici mais qui me semblent toutes pertinentes et salutaires.

Leur position essentiellement laïque et républicaine a provoqué un déferlement de commentaires les accusant pêle-mêle de promouvoir une langue aussi dépourvue d'intérêt que, je cite, « le sénégalais ou le malien », de vouloir rendre les publications de Daech accessibles en version originale, d'envisager d'enseigner une langue étrangère à des élèves qui devraient se préoccuper en priorité de maîtriser le français, de favoriser le communautarisme et, bien sûr, d'attaquer le principe de laïcité afin de mieux islamiser la France. Un tel mélange d'inculture, de bêtise péremptoire et de racisme a quelque chose de fascinant et témoigne d'une remarquable indifférence à ce qu'un texte dit effectivement. Je risque une hypothèse : les textes ne sont pas *lus*. On regarde les patronymes de ses rédacteurs, on se contente d'en extraire quelques mots clés – « Islam », « Arabe », « Mosquée », « École » – qui provoquent un court-circuit neuronal, lequel déclenche une réaction en chaîne parfaitement incontrôlable dont la dernière étape est la rédaction fébrile d'un commentaire inepte. Jusqu'à une époque récente, des mécanismes d'inhibition pouvaient agir à tout moment pour empêcher le processus d'aller jusqu'à son terme fatal, mais l'avènement d'une décomplexion généralisée les a rendus inopérants. En matière de contagion de la bêtise, l'Internet a pulvérisé tous les records précédemment établis par la télévision, et ce n'est pas peu dire. Mais il faut toujours s'incliner devant les faits.

Je ne sais pas si le racisme a effectivement gagné du terrain ou s'il est seulement devenu plus visible du fait de la levée des inhibitions qui le cantonnaient au cercle familial et aux comptoirs de bistrots. Plutôt que d'essayer de trancher la question, je préfère raconter une anecdote.

En 1996, j'ai travaillé quelques mois comme surveillant au collège de Porto-Vecchio dont beaucoup d'élèves étaient issus de l'immigration maghrébine. Afin d'occuper utilement les longues heures d'études, j'avais demandé à un élève de cinquième qui venait d'arriver du Maroc où il avait été scolarisé de m'apprendre à lire et à écrire l'arabe. Il m'avait regardé d'un air stupéfait en me demandant simplement : « Pourquoi ? » À une époque où l'Internet n'existait pas, en quelques mois, il avait déjà parfaitement intégré le fait que sa culture n'était pas digne d'intérêt. Comme les commentateurs du *Monde*, il ne savait bien sûr pas que l'arabe était, avec l'anglais et l'allemand, la seule langue vivante proposée aux épreuves orales de l'agrégation de philosophie. Il ne le savait pas et il avait pourtant tout compris mieux que moi.

18.

Paranoïa

Lundi 6 juin 2016

EN TERMINANT DE RÉDIGER ma chronique de la semaine dernière, je n'avais pas encore entendu Bruno Le Maire et Annie Genevard s'inquiéter du risque de communautarisme que ferait courir l'enseignement de la langue arabe. On peut éventuellement s'interroger sur l'intérêt de généraliser l'apprentissage précoce des langues étrangères – et je veux dire toutes les langues étrangères – à l'heure où les élèves – et je veux dire tous les élèves – ont des difficultés à écrire un français correct.

Mais chacun sait que ce magnifique argument *ad hoc* n'a été soulevé que parce qu'il était question de l'arabe, c'est-à-dire d'une langue prétendument communautaire.

J'ai d'autant plus de mal à saisir le concept de « langue communautaire » qu'il m'est difficile de me représenter sans être saisi de vertige à quoi pourrait ressembler une langue qui ne serait pas celle d'une communauté. Si je dois croire que ceux qui emploient cette expression ne le font pas seulement par amour du pléonasme mais veulent effectivement signifier quelque chose, je suppose que ce doit être ceci : une langue communautaire serait une langue parlée par une communauté minoritaire au sein d'un ensemble national. Ainsi, en France, en accord avec cette définition, on pourrait qualifier de communautaires les langues régionales et toutes celles parlées par les populations immigrées – toutes sauf, précisément, l'arabe tel qu'il est enseigné à l'école.

Car l'arabe standard, utilisé pour la communication dans l'ensemble du monde arabe, de Casablanca à Abou Dhabi, n'est la langue maternelle de personne. Au quotidien, sont utilisés des arabes vernaculaires, regroupés en familles dialectales, dotés d'une syntaxe et d'une morphologie spécifiques, qui diffèrent fortement les uns des autres au point que leurs locuteurs respectifs ne peuvent se comprendre qu'avec difficultés ou pas du tout. L'arabe standard doit toujours et partout être appris hors du cercle familial. La question est : où et avec qui ? Préfère-t-on que ce soit à la mosquée, en tant que langue religieuse, symbole d'une identité fantasmée, ou à l'école, en tant que langue d'une culture bien réelle ?

Mes convictions en matière d'éducation nationale sont très nettement conservatrices et les réformes entreprises par Najat Vallaud-Belkacem ne m'inspirent pas plus de sympathie que celles de ses prédécesseurs, de droite ou de gauche. Mais les attaques personnelles dont elle fait l'objet, comme Christiane Taubira avant elle, me révoltent. C'est bien sûr parce qu'elle est d'origine maghrébine qu'elle favorise sournoisement – que dis-je ? qu'elle veut imposer à tous – l'enseignement de l'arabe et détruire la nation. Telle est la thèse qu'on trouve un peu partout sur les réseaux sociaux. Et c'est ainsi qu'en prenant une mesure explicitement destinée à lutter contre le communautarisme et les dérives fondamentalistes, on se trouve accusé de les favoriser.

Nous assistons à la victoire de la pensée paranoïaque : on pose un postulat délirant – la ministre de l'Éducation nationale est une taupe islamiste – dont on décryptera dans tous les signes possibles et imaginables l'éclatante confirmation. Dans cette construction constamment victorieuse, la réalité des faits ne compte plus. Ce qu'est vraiment la langue arabe, quelle est son importance littéraire, philosophique et poétique, tout le monde s'en moque – à commencer, bien sûr, par M. Le Maire et Mme Genevard. Il n'importe pas plus, au fond, que ce soit ou non une langue communautaire ou que l'expression de « langue communautaire » ait le moindre sens.

Il suffit qu'elle soit le symbole d'un complot grâce auquel on peut aisément fédérer les foules dans un bel élan de détestation.

La situation est brillamment résumée par un article parodique du *Gorafi* qui titre : « Lyon : des parents retirent leurs enfants d'une école après avoir appris qu'ils étudiaient des "chiffres arabes". » C'est très drôle et tout à fait loufoque, mais je dois avouer que j'aurais ri davantage si je ne m'étais pas rappelé un épisode survenu il y a quelques mois dans une école primaire de Haute-Corse. Un enseignant avait, dans le cadre d'un cours de langue corse, expliqué à ses élèves que le mot « baracucca », qui signifie « abricot », venait de l'arabe « al barquq » ; il avait dû faire face à la virulente protestation de parents légitimement inquiets de cette affreuse tentative d'islamisation de leur progéniture. Je ne crois pas que ces courageux défenseurs de notre civilisation aient sollicité le soutien de Bruno Le Maire. C'est dommage. Il aurait pu abonder dans leur sens et faire valoir que, l'objectif de l'éducation nationale devant être, je cite, « 100 % d'une classe d'âge avec un emploi », l'étymologie ne pouvait représenter qu'une perte de temps.

19.

Gestion du stress

Lundi 13 juin 2016

IL EST QUESTION DE STRATÉGIE, de tactique, de préparation physique et mentale – toute une rhétorique militaire. Rien ne doit être laissé au hasard. Il faut suivre un programme mis au point par les meilleurs spécialistes. Apprendre à gérer le stress, les doutes, le manque de sommeil, les angoisses d'un entourage terrassé par l'énormité des enjeux. Assistons-nous donc à l'entraînement de forces spéciales prêtes à fondre sur Rakka ? C'est ce qu'on pourrait croire en lisant les très nombreux articles que la presse consacre une fois de plus aux révisions du baccalauréat et qui, c'est le moins qu'on puisse dire, ne se signalent pas par leur extrême sobriété. S'il existait encore aujourd'hui en France un seul élève de terminale raisonnablement insouciant, la lecture des quotidiens détaillant les modalités du supplice qui l'attend suffirait à le plonger dans la terreur ; en revanche, les lycéens avides de conseils dispensés sur un ton dramatique y trouveront largement matière à justifier leur panique et seront donc comblés. Je serais cependant tenté de faire remarquer que la consultation fébrile de fiches, entretiens, diagrammes, vidéos et témoignages expliquant comment organiser ses révisions n'est précisément pas la méthode de révision la plus efficace qu'on puisse imaginer mais, n'étant pas spécialiste en psychopédagogie, je ne me sens pas autorisé à jouer les rabat-joie.

Grâce au baccalauréat, nous avons la chance de vivre tous les ans la communion d'une grande tragi-comédie nationale et rien ne nous fera bouder notre plaisir. Certes, un examen que passent avec succès près de 9 élèves sur 10, et qui s'apparente donc à une simple formalité, ne devrait pas susciter une telle hystérie collective. Mais nous sentons bien que cet argument bassement rationnel est inopérant. Moi-même, comme tous les ans, je le sais, j'attendrai dans l'angoisse, et avec une fréquence cardiaque de lapin de garenne, le moment où une main fatidique affichera les résultats à la porte du lycée. Quelque chose se joue là à quoi je n'aimerais pas renoncer. Peut-être le bac est-il le dernier rituel auquel nous participons avec une foi qui ignore tout des affres du doute. C'est sans doute un argument pour le préserver. Mais c'est bien le seul.

L'existence d'un examen si peu sélectif, nécessitant un investissement humain et financier absolument énorme et incapable de garantir la réussite universitaire de ceux qui l'obtiennent, peut légitimement être remise en cause. En toute franchise, je n'ai pas d'avis bien établi sur la question. Mais ce que je sais, pour l'expérimenter quotidiennement, c'est que l'obsession du baccalauréat pervertit le sens que la plupart des élèves attribuent à l'enseignement qu'ils reçoivent – et je parle ici des élèves que je connais : ceux des séries générales. À leurs yeux, l'examen ne sert pas à vérifier qu'ils sont capables de mobiliser des connaissances – on m'excusera de ne pas me résoudre à utiliser le terme abominable de « compétences » – pour construire une pensée qui leur soit propre autant que possible ; au contraire, les connaissances ne valent que dans la mesure où elles permettent de réussir à l'examen. Seules comptent donc les notes, quelle que soit la façon dont elles sont obtenues. L'idée que la culture possède une valeur intrinsèque et que le travail intellectuel repose sur une éthique est devenue presque incompréhensible. Comment tenir rigueur à nos élèves de leur utilitarisme forcené ? C'est celui qu'impose, dans sa pratique si ce n'est dans ses discours, l'institution scolaire elle-même. C'est aussi celui que promeuvent tous les politiques, de droite comme de gauche, à l'instar de Bruno Le Maire pour lequel, comme je le signalais la semaine dernière, l'objectif de l'école doit être : « 100 % d'une classe d'âge avec un emploi. »

On peut juger cet objectif nécessaire, voire honorable – ce qui n'est pas mon cas : je le juge méprisable et contre-productif. Dans ce cas, il faut en tirer toutes les conséquences. Supprimer d'urgence toutes les disciplines dont l'intérêt pratique est, depuis toujours, plus que douteux : la philosophie, les lettres, les langues anciennes, les langues vivantes boudées par les marchés, l'histoire quand elle ne sert pas les intérêts idéologiques de la nation, mais aussi une grande partie des mathématiques ou la physique fondamentale. On parviendrait ainsi rapidement à une simplification drastique des programmes qui pourraient être établis en fonction du besoin des entreprises. L'éducation nationale n'aurait plus à former des êtres humains et des citoyens mais des consommateurs et des salariés. Si telles sont nos perspectives d'avenir, il n'est effectivement pas tout à fait inutile d'apprendre d'ores et déjà à gérer son stress et son temps de sommeil.

20.

Patriotisme paysager

Lundi 20 juin 2016

EST-CE UN ÊTRE UNIQUE et mystérieux, formé dans une école où la moindre velléité de pensée originale était réprimée sans pitié, qui fournit à l'ensemble des hommes politiques les « éléments de langage » constituant l'essentiel de leur discours ? Ou bien les « éléments de langage » eux-mêmes se transmettent-ils par leur puissance propre, comme des virus affreusement contagieux ? Ces questions sont sans doute destinées à rester sans réponse mais, en lisant les récents discours de MM. Le Maire et Sarkozy, il est impossible de ne pas se les poser. Ces deux amoureux d'une France impérissable à laquelle ils comptent faire généreusement don de leur personne semblent saisis conjointement d'une forme inédite de patriotisme champêtre qui transforme l'amour des paysages en devoir civique.

Cet hiver, si je dois en croire la presse, Bruno Le Maire avait cru bon de déclarer : « Si nous n'aimons plus nos paysages, nous ne sommes plus français », nous proposant ainsi un motif original de déchéance de nationalité dont la menace pèserait dès lors sur tout Français résidant sur le territoire qui aurait l'outrecuidance de ne pas vivre dans un état constant d'extase esthétique. Au cours de deux réunions récentes, et afin de ne pas laisser à un concurrent le monopole du délire bucolique, Nicolas Sarkozy, qui, personne n'en doute, passe toutes ses vacances dans la Beauce, s'est à son tour lancé dans une célébration lyrique de nos paysages, « landes de granite » et « grands plateaux », dont il juge utile de préciser qu'ils furent, privilège unique au monde, « façonnés par plus de cent générations » ; on n'ose imaginer la jalousie de nos voisins européens qui vivent apparemment dans les ténèbres atroces d'une forêt vierge. Invité par le laboratoire d'idées « France fière », l'ancien chef de l'État n'a pas oublié, après avoir rendu hommage à la nature domptée par nos mains tricolores, d'exalter la culture française avec une hauteur de vue qu'illustrera la pertinence de son analyse littéraire : « Quand on est en bas de l'échelle sociale, Balzac, ça pulse. » Quand on sait que le vice-président de « France fière » n'hésite pas à confier : « On vise l'ISF, pas le RSA », devise qui aurait pu être celle de Rastignac, il est permis de supposer que Nicolas Sarkozy n'a pas eu de mal à communier avec son auditoire.

Personne ne peut être blâmé d'aimer son pays mais il existe bien des façons d'exprimer cet amour. Je laisse la parole, comme je l'ai déjà fait, à Simone Weil qui écrit ceci dans *L'Enracinement* : « On peut aimer la France pour la gloire que semble lui assurer une existence étendue au loin dans le temps et l'espace. Ou bien on peut l'aimer comme une chose qui, étant terrestre, peut être détruite, et dont le prix est d'autant plus sensible. »

Simone Weil n'aime pas la grandeur, elle lui préfère la faiblesse ; elle n'aime pas non plus la fierté, elle lui préfère la compassion. Et, au sujet de ces « deux amours distincts [...], probablement incompatibles », elle ajoute : « Le second seul est légitime pour un chrétien, car seul il a la couleur de l'humilité chrétienne. » Cette précision sur le sens possible de ce qui est réellement chrétien ne paraîtra peut-être pas totalement inutile – contrairement à l'ensemble de mes remarques précédentes.

Car, à l'évidence, MM. Le Maire et Sarkozy se moquent du bocage, du granite et des grands plateaux (ce qui est heureux : si la sournoise Italie, ensorcelée par un rêve nostalgique de grandeur, annexait brutalement Nice et la Savoie, il nous serait ainsi toujours permis d'admirer les Alpes). Ils ne s'en servent que comme « éléments de langage » emblématiques de l'identité nationale, de la même manière qu'ils instrumentalisent l'histoire, l'école, l'islam ou le christianisme.

À l'heure où des tensions telles que nous n'en avions pas connu depuis longtemps menacent la société française, nos hommes politiques, de droite comme de gauche, avec un sens remarquable du bien commun, contribuent à les exacerber à des fins purement électorales. Voilà le seul problème. Faire de l'émotion esthétique un critère de patriotisme, considérer qu'on participe à un stage de motivation en lisant *La Comédie humaine*, voilà qui est évidemment stupide ; mais il est encore plus stupide et, à coup sûr, tout à fait vain de dénoncer ou de tourner en dérision l'ineptie de propos qui ne sont pas destinés à signifier quoi que ce soit mais seulement à jouer le rôle d'étendard ou d'abcès de fixation.

Et c'est cela qui est réellement terrible : en arriver au point où l'on se trouve contraint de reconnaître que la bêtise et la vulgarité ne représentent plus, à tout prendre, qu'un moindre mal.

21.

Le Tigre bleu de l'Hudson

Lundi 27 juin 2016

SI LES OREILLES DES MORTS pouvaient siffler, Anatole France aurait souffert la semaine dernière d'une violente crise d'acouphènes. Des concepteurs, enthousiastes ou inconscients, de sujets d'examen ont en effet cru bon de proposer aux élèves de première S et ES qui passaient le bac français de commenter son éloge funèbre d'Émile Zola. Ce choix malheureux a manifestement scandalisé les candidats qui ont fait part de leur indignation sur Twitter avec une rafraîchissante spontanéité dont je ne résiste pas à livrer deux échantillons ; un premier, aux accents tragiques : « Putain mais nique sa mère d'où Anatole France cest un mec jai mis cetait une meuf cest quoi c'merdier la », et ce sobre mais éloquent : « Anatole France mdr ta race. » Les lycéens dépités faisaient ainsi grief au prix Nobel de littérature d'être un illustre inconnu ayant usurpé sa place au baccalauréat ou de s'être affublé d'un prénom manifestement androgyne dans le seul but d'induire vicieusement les candidats en erreur.

L'année dernière, les foudres de leur courroux numérique s'étaient abattues sur Laurent Gaudé, exécuté en ligne pour un double crime inexpiable : être l'auteur du *Tigre bleu de l'Euphrate* et avoir, de surcroît, l'incroyable culot d'être toujours vivant – ce qu'il dut regretter amèrement. Ce tigre bleu était-il un félin ou un fleuve ? Sur les sites d'information, quelques journalistes particulièrement compétents avaient amplifié la panique en affirmant qu'il ne pouvait évidemment s'agir que d'un fleuve sans se laisser troubler par le fait que, dans ce cas, le titre de la pièce de Laurent Gaudé devenait tout à fait vide de sens ; on me permettra de juger leur sotte assurance à parler d'un texte auquel ils n'ont pas daigné jeter un coup d'œil au moins aussi remarquable que la vulgarité des réactions de lycéens.

Ces deux polémiques ne nous renseignent pas seulement sur l'indigence de la presse en ligne ; elles sont aussi le symptôme d'un profond changement de notre attitude face au savoir. Mohammed Aïssaoui le note très justement dans *Le Figaro* : « Désormais, on revendique son ignorance. » Pour ma part, j'y vois l'effet d'un égocentrisme décomplexé, sans doute inédit dans l'histoire de l'humanité, et dont nos élèves ne sont certes pas les seuls porte-drapeaux : je suis un être parfait, achevé, suprêmement intéressant ; j'entends être reconnu comme tel ; ce que je ne sais pas est nécessairement dépourvu d'intérêt ; si je ne comprends pas quelque chose, la faute en revient exclusivement à celui qui tente de me l'expliquer. Comment est-il possible d'oser attendre, comme ce fut le cas à l'épreuve d'anglais du bac, des candidats qu'ils sachent, après sept ans de cours de langue et civilisation étrangères, que Manhattan est un quartier de New York ? À un tel scandale, on ne peut répondre que par une pétition de protestation immédiate. La plupart des quinze mille signataires sont, je n'en doute pas, convaincus de la légitimité de leur revendication mais c'est précisément cette sincérité qui est dramatique. La moindre difficulté, le moindre échec ne peuvent plus être vécus que comme d'injustes et douloureuses blessures narcissiques. Cet état d'esprit est incompatible avec le fait même de recevoir un enseignement.

Je ne crois pas à l'existence d'un âge d'or pendant lequel d'angéliques lycéens auraient, par exemple, manifesté un intérêt unanime et spontané pour la philosophie. Mais au fil des années, et quoique j'aie eu la chance, contrairement à la plupart de mes collègues, de ne jamais exercer dans des établissements difficiles, je me suis retrouvé contraint de devoir convaincre mes élèves que cette discipline si éloignée de leurs préoccupations intimes méritait, si ce n'est leur amour, au moins leur respect – ce qui, quand j'ai commencé à enseigner, allait presque de soi. Aujourd'hui, peut-être faut-il aussi leur rappeler que l'ignorance n'est pas une vertu mais qu'elle ne devient un vice que quand on en tire gloire. Il ne serait sans doute pas inutile de préciser enfin, à l'attention des parents, que les enseignants ne sont pas des domestiques dont la tâche consisterait à admirer leur progéniture en ménageant son exquise sensibilité mais font, tout au contraire, profession de la transformer. Je ne me fais pas d'illusions : ce type de discours a toutes les chances d'être devenu inaudible et ce n'est certainement pas en levant les couleurs dans les cours d'école qu'on y changera quoi que ce soit.

On se consolera en songeant que, grâce à Twitter, la presse en ligne vient de planter un nouveau marronnier qu'on aura désormais la joie de voir fleurir, aux côtés de ses nombreux congénères, tous les ans au mois de juin.

22.

Un sondage et des adieux

Lundi 4 juillet 2016

L'ACAT, Action des chrétiens pour l'abolition de la torture, a récemment commandé à l'Ifop un sondage dont les inquiétants résultats ne causent cependant qu'une surprise modérée. 36 % des personnes interrogées pensent que le recours à la torture est acceptable dans des circonstances exceptionnelles (contre 25 % en 2000) et 54 % d'entre elles estiment qu'il est licite de passer à la gégène un terroriste suspecté d'avoir posé une bombe dont l'explosion est imminente.

En temps de paix, nous avons tous spontanément tendance à juger la torture inacceptable, au point que son utilisation réitérée au cours de l'histoire nous semble être une énigme relevant de la pathologie mentale.

Nous oublions que quand les circonstances deviennent « exceptionnelles » ou, pour le dire plus crûment, quand règnent la peur, la colère et la haine, ce qui nous indigne habituellement peut soudain nous sembler acceptable ou nécessaire, voire même désirable. Après le 11 septembre 2001, celui qui aurait voulu émouvoir les Américains en leur faisant le récit des sévices subis par un membre d'Al-Qaida n'aurait sans doute pas rencontré un grand succès. Et il n'est pas sûr que les conditions de détention de Salah Abdeslam scandalisent sincèrement le plus fervent défenseur des droits de l'homme. C'est là un fait psychologique inévitable qu'il vaut mieux prendre au sérieux plutôt que de l'escamoter à grands coups de jugements moraux.

Pourquoi, après tout, ne pas torturer un terroriste pour lui faire avouer où il a placé la bombe qui va tuer des centaines d'innocents ? A-t-on le droit de les sacrifier au nom de valeurs abstraites ? Dans cette situation, qu'est-ce que bien agir ? L'emploi de vigoureuses méthodes d'interrogatoire ne s'impose-t-il pas ici comme un devoir ?

Poser la question en ces termes – comme le font toujours ceux qui entendent justifier la torture – c'est tendre un piège auquel on ne peut échapper qu'en récusant la pertinence de l'alternative. Car le cas évoqué, si convaincant, ne s'est sans doute jamais produit dans l'histoire. La torture, telle qu'elle fut effectivement pratiquée à Alger, Abou

Ghraib ou Santiago du Chili, n'a pas habituellement pour but de sauver des innocents en péril mais d'obtenir des aveux ou des listes de noms quand ce n'est pas d'avilir l'ennemi en dehors de toute considération pragmatique. Les militaires qui torturèrent Henri Alleg pendant plusieurs jours cherchaient ainsi à obtenir un renseignement dont on mesurera l'importance stratégique : où et avec qui avait-il dîné la veille de son arrestation ? Mais ces précisions sont peut-être inutiles.

Paul Teitgen, préfet de police d'Alger, fit simplement remarquer qu'il ne pouvait supporter de reconnaître sur les corps des prisonniers algériens détenus par l'armée française la trace des mêmes sévices que lui avaient infligés les tortionnaires de la Gestapo. Et le général Pâris de Bollardière écrivit : « Je pense avec un respect infini à ceux de mes frères, arabes ou français, qui sont morts comme le Christ, aux mains de leurs semblables, flagellés, torturés, défigurés par le mépris des hommes. » L'un croyait au ciel ; peut-être l'autre n'y croyait-il pas, je l'ignore ; mais ni l'un ni l'autre ne jugea qu'il y avait là matière à discussion.

Cette chronique est la dernière que j'écrirai dans *La Croix* et je ne suis pas mécontent de l'achever en citant deux hommes que j'admire, dont l'un fut si admirablement et si totalement chrétien. Le rythme hebdomadaire était sans doute trop soutenu pour moi. Et puis je crois qu'il est prudent de ne pas poursuivre l'exercice – auquel je me suis livré avec beaucoup de plaisir – trop longtemps. Si l'on s'acharne, on court le risque de se forger imperceptiblement, au fil des semaines, un avis sur tout et de se persuader que cet avis, lequel ne peut bien entendu manquer de passionner la terre entière, est de surcroît le seul légitime. J'avoue que cette perspective m'épouvante – tout comme celle, proprement insoutenable, de me réveiller un matin avec le désir irrépressible de m'acheter une écharpe rouge que je porterais en toutes circonstances. Pouvoir me taire lorsque je n'ai rien à dire est un luxe auquel je ne peux me résoudre à renoncer tout à fait.

Je voudrais remercier les lecteurs qui ont pris la peine de m'écrire et plus particulièrement ceux qui l'ont fait pour exprimer un désaccord, le plus souvent – mais pas toujours ! – courtois et ferme. Et je suis heureux et fier qu'un journal que j'estime infiniment m'ait fait l'honneur de m'ouvrir ses colonnes. Au revoir à tous, donc.

Table des crédits iconographiques

© Riss / paru dans *Charlie-hebdo* n° 1207 du 9 septembre 2015 p. 29

© Hulton-Deutsch Collection/CORBIS/ Corbis via Getty Images p. 36

© Sputnik / akg-images p. 36

THE ACT OF KILLING / Un film de Joshua OPPENHEIMER / Produit par Signe Byrge Sørensen – FINAL CUT for Real / Co-réalisé par Christine CynnN & ANONYMES / © 2012 – FINAL CUT FOR REAL p. 47

© Ron Haviv / VII / Redux REA p. 107

Table

Préface 7

1. Prendre langue… corse 13
2. La déchéance et son double 19
3. Un principe superflu 25
4. « George, les enfants… » 33
5. Une extraordinaire banalité 41
6. « Orthographe, sémantique et légèreté » . 49
7. Le chef, le buffet et la baie 55
8. Synonymes inattendus 61
9. Le stratagème 13 67
10. Repentance et héritage 73
11. Comment voiler un débat de fond 79
12. Déracinement 85
13. Fascisme et toilettes sèches 91
14. « Mais je n'ai rien vu » 97

15. L'Europe de la mer bleue et de la mer grise 103
16. Commémoration pour les nuls 111
17. Décomplexion 117
18. Paranoïa 123
19. Gestion du stress 129
20. Patriotisme paysager 135
21. Le Tigre bleu de l'Hudson 141
22. Un sondage et des adieux 147

Table des crédits iconographiques 153

Cet ouvrage a été mis en page par

pixellence

Cet ouvrage a été achevé d'imprimer en février 2017
sur les presses de Normandie Roto Impression s.a.s.
61250 Lonrai
N° d'impression : 1700148
N° d'édition : L.01EHBN000900.N001
Dépôt légal : mars 2017

Imprimé en France